J'AI PERDU
ALBERT

DIDIER VAN CAUWELAERT

J'AI PERDU
ALBERT

roman

ALBIN MICHEL

IL A ÉTÉ TIRÉ DE CET OUVRAGE

Vingt-cinq exemplaires
sur vélin bouffant des papeteries Salzer
dont quinze exemplaires numérotés de 1 à 15
et dix exemplaires, hors commerce, numérotés de I à X.

Ce matin, j'ai encore trouvé quarante-huit cadavres. Et il faut que je sourie, que je sois frais et dispos, que je mémorise les plats du jour, les commandes et les prix. Depuis six mois que je suis serveur à mi-temps dans ce snack de gare pour payer mes loyers en retard et tenter de sauver mes ruches, cette double vie n'a fait que multiplier les problèmes par deux.

Le seul ami qui me reste, Olivier, chocolatier-caviste au bout de la galerie marchande, m'a pistonné en m'inventant un CV prestigieux pour que j'obtienne la place, et je dois m'efforcer, par égard pour lui, d'être à la hauteur de ses mensonges. Afin de justifier une maladresse étonnante chez un ancien de l'hôtel Métropole, il a raconté à la gérante que j'avais eu des malheurs. De ce côté-là, au moins, je n'ai pas eu à me forcer.

Et voilà comment, dans l'agitation confinée d'une gare de Bruxelles, je perds mon temps six jours sur sept pour gagner une vie qui ne sert plus à rien. On se désolidarise assez vite du genre humain, lorsqu'on est serveur. Tous ces gens qui voyagent en classe ego, les touristes râleurs, les besogneux à heures fixes, les faiseurs de selfies m'isolent chaque jour davantage dans une détresse qu'ils n'auraient pas l'idée de soupçonner. Depuis que le fisc me prélève les impôts de mon ex-femme qui a disparu sans laisser d'adresse, je creuse mon découvert en essayant d'empêcher mes abeilles de mourir et, quand ma dernière ruche sera vide, je me suiciderai au gaz. Si on ne me l'a pas coupé d'ici là.

C'est calme, ce matin. Une jeune fille en deuil, une famille japonaise, une tablée de cadres en transit, un vieux qui fait durer son café et, à la 15, une agitée en double appel qui m'a déjà renvoyé trois fois d'un geste pour engueuler son mec tout en se fritant avec sa mère. Trente-cinq ans, blonde aux yeux bleus tendance frigo de luxe, talons hauts, tailleur classe, rage au cœur et regard paumé – le style chasseuse de têtes qui est en train de se faire massacrer par plus méchant qu'elle. Si elle ne commande rien, je la vire, sans quoi ça me retombera dessus. La gérante est très claire : on n'est pas une aire de stationnement pour discussions portables.

Je me plante devant elle et, dès qu'elle a raccroché, je lui lance :

– Vous désirez ?

– La paix !

Son cri du cœur me déstabilise une seconde, puis je réponds malgré moi d'un air sympathique :

– C'est pas sur la carte. Mais je peux demander au chef.

Elle me regarde comme une fiente sur son pare-brise. Soudain sa tête se met à dodeliner, et je me dis qu'elle a un malaise. Mais c'est moi qui d'un coup vacille sur mes jambes. Un poids terrible me tombe sur la nuque, avec des frissons de fièvre et des spasmes aux paupières. Qu'est-ce qui m'arrive ?

Je suis la voyante la plus en vue du pays et, depuis hier midi, je ne vois plus rien. Dans ma situation, c'est une catastrophe planétaire : des laboratoires pharmaceutiques aux compagnies pétrolières, des coulisses du show-biz à l'état-major de l'OTAN, une centaine de décideurs et de cœurs en souffrance, suspendus aux informations que je reçois, ne prennent aucune initiative sans me consulter. Et j'ai beau me concentrer, faire le vide, supplier, menacer : rien. Albert ne répond plus.

Je me rends compte à présent qu'il y a eu des signes avant-coureurs. Sur le moment, je n'y ai guère prêté attention, les mettant au compte du surmenage et du stress affectif. Mais c'est un fait, plusieurs couacs ont précédé le silence.

Tout a commencé avec Mme Le Couidec-Mertens. L'héritière des pneus les plus vendus en Europe, soixante-treize ans, rechapée de la tête aux pieds, mariée depuis six mois au quadra sexy qui lui enseignait le yoga.

Surgissant dans mon cabinet au moment où je bouclais ma valise, la chef d'entreprise, caraco fuchsia sous son tailleur austère et accroche-cœurs dans sa choucroute de cheveux platine, s'est plainte d'une impression bizarre par rapport à ce que je lui avais dit samedi.

– Je ne me rappelle jamais ce que j'ai dit, vous le savez.

– À propos de Sébastien, enchaîne-t-elle de sa voix d'actionnaire majoritaire ignorant les objections. Un bel homme comme lui, c'est normal qu'il fasse un petit écart de temps en temps, mais vous m'assuriez que c'était fini…

Je referme la valise, lui prends le poignet à contre-cœur en fermant les yeux. Nelly passe une tête dans le bureau pour me lancer d'une voix neutre :

– M. Grimal est en bas.

– J'arrive.

Derrière mes paupières closes, je visualise Albert comme je le fais toujours, et je lui passe mentalement la parole. J'entends dans un coin de mon cerveau que l'industrielle va entrer dans une grande période de chance. Je lui transmets, elle rétorque. Elle a des mauvais pressentiments depuis trois jours : quand elle traverse la rue, elle a une peur bleue de se faire renverser.

Je la coupe en empoignant ma valise :

– Ne projetez pas de négatif, je vous dis que tout ira bien. Je me suis déjà trompée ?

– Non, Chloé. Pardon…

Je refuse les trois cents euros qu'elle sort de son sac : j'ai atteint mon plafond mensuel. Je la laisse remplir son chèque au profit de la sclérose en plaques et je descends m'engouffrer dans la Lexus de Damien. Tandis qu'on s'embrasse, elle déboule dans la rue pour courir rejoindre son jeune mari au café d'en face. Totalement rassurée par mes prédictions, elle traverse sans regarder et se fait percuter par un taxi.

*

Sur le coup, je n'ai pas perçu cet accident comme un démenti. Ma consultante non plus, d'ailleurs ; après un vol plané spectaculaire, l'héritière des pneus Mertens s'en tirait avec une simple fracture de la cheville. Elle m'a appelée de la clinique pour confirmer la justesse de mon oracle : elle avait eu, en effet, beaucoup de chance. Je me suis réjouie pour elle, et j'ai abrégé ses commentaires en coupant mon portable – la secrétaire venait de m'introduire dans le bureau du PDG des laboratoires Gall. Le long vieillard à lunettes rectangulaires m'a remerciée de m'être déplacée : à l'approche du lancement de son nouveau vaccin, mon intervention était, disait-il, cruciale. Il lui fallait de toute urgence remplacer son directeur juridique, qui venait d'être mis en examen pour délit d'initié.

Passant la main sur les photos des postulants sans solliciter l'avis d'Albert, je les ai récusés l'un après l'autre d'un non définitif, avant de m'arrêter sur le visage du numéro 9. Le PDG s'est étonné : ce n'était pas le meilleur CV. J'ai dit :

– C'est la meilleure vibration. L'important n'est pas ce qu'il a fait, mais ce qu'il va faire. Et vous n'êtes pas le seul à l'avoir choisi, dépêchez-vous de le signer.

Le vieux spéculateur en épidémies, qui avait gagné grâce à mes flashs des fortunes sur le dos des nouveaux virus, m'a remerciée avec sa froideur coutumière : je lui ôtais une épine du pied. Choisir, a-t-il conclu en me signant un chèque pour l'Aide au logement des migrants, c'est tellement subjectif.

Je suis remontée dans la Lexus qui m'attendait sur le parking, et j'ai annoncé à Damien qu'il avait le poste. Son baiser torride a chassé mes quelques remords.

– T'as intérêt à être bon, maintenant. Ne me fais pas mentir.

Il s'est légèrement crispé contre mon corps avec, dans ses yeux gris, cette affectation de vanité pas dupe qui me faisait toujours craquer.

– Ho ? J'étais pas le meilleur ?

– Non. Mais tu peux le devenir. Roule.

Il a retiré la main de sous ma jupe pour remettre le contact.

– On va chez moi ?

La modulation sensuelle de sa phrase m'a serré le ventre. J'ai ravalé aussitôt la bouffée de désir qui risquait de me déconcentrer.

– J'en meurs d'envie, mais je file à Nice pour une urgence.

– Tu ne peux pas retarder ton vol ?

– Grève des pilotes : j'ai bloqué la dernière place dans le Thalys, et avant j'ai une consulte à l'OTAN. Ça t'ennuie de me déposer ?

Il a écrasé l'accélérateur en marmonnant :

– Encore ! Mais qu'est-ce qu'ils te veulent ?

– Secret défense.

*

Je laisse ma valise-cabine au poste de garde. Un jeune officier m'attend devant l'ascenseur qui mène au PC de crise. Maîtrisant de mon mieux le cliquetis de mes talons dans le silence feutré, je traverse la salle des conflits où des geeks en treillis gèrent sur écran les points chauds de la planète. L'officier tape son code et la porte en acier trempé coulisse en silence, avant de se refermer derrière moi.

Le président de la Commission de prévention des risques se lève à mon entrée, tandis que le chef des opérations secrètes de l'OTAN, le général Beck, tourne la tête vers le mur pour désavouer ma présence. On m'installe sur mon siège habituel avec un verre d'eau, et les images satellites commencent à défiler devant moi. Des usines dans le désert, des entrepôts désaffectés, des mosquées, des riads… A priori, Albert ne sent rien. Aucun écho, aucune information. Les yeux fermés, je dis non à chaque cible envisagée par les services de renseignement, jusqu'au moment où un flash inattendu me traverse le crâne. Un escarpin au talon brisé gît dans un caniveau. Sur le capot d'une voiture, juste au-dessus, Damien enlace dans la nuit une jeune rousse en tailleur rayé bleu.

Je rouvre les yeux en sursaut.

– Les armes sont là ? bondit le président de la Commission.

– Les ?

– Les armes destinées aux djihadistes.

Je réprime son impatience d'un geste prudent. Je refais le vide en moi, j'évacue la charge émotionnelle, interroge les vibrations de l'image sur l'écran. D'une voix creusée où la consternation réprobatrice le dispute au persiflage, le chef d'état-major fait remarquer au fonctionnaire de la Commission européenne qu'il s'agit d'une usine de chaussures. Je tressaille. Un risque de contamination affective est toujours possible, mais Albert me fait souvent passer les infos par association de ressentis. La trahison, le danger dissimulé sous une apparence banale… Un talon cassé. Les faux-semblants

de l'homme que j'aime. Un arsenal au milieu d'escar-
pins.

– Alors ? piaffe le président en triturant les branches
de ses lunettes à double foyer.

Je dis que c'est une possibilité.

– Indice de confiance ?

Le mot « confiance » me tord l'estomac. Je réponds :
six sur sept.

– Monsieur, objecte le général, ça ne correspond pas
aux rapports de nos experts.

– La dernière fois non plus, si ? se rengorge le haut
fonctionnaire d'un petit air suave.

Puis, prenant à témoin les autres officiers du Conseil
de sécurité, il martèle :

– Vous l'avez tous constaté, les informations reçues
par Mlle Delmart ont déjà permis d'éviter quatorze
attentats ! Nous devons en finir avec ces terroristes !

Le grand général black toise le petit roquet à double
foyer qui se croit chez lui au sein de l'Alliance atlan-
tique, et il objecte avec une lenteur ferme en désignant
les documents devant lui :

– En l'occurrence, les experts sont formels…

– *Vos* experts, général, pas les nôtres. Vous confirmez, Chloé ?

Comment Damien peut-il me faire ça, après la preuve
d'amour absolue que je viens de lui donner : violer mon
éthique pour lui obtenir le job de ses rêves ?

– Mademoiselle Delmart ! insiste le président. Vous confirmez ?

Dans l'élan de ma colère, j'abaisse les paupières, les dents serrées. Les militaires se consultent du regard avec une tension croissante. L'éminence grise du Parlement européen, dont la mère ne jure que par moi depuis que j'ai détecté la tumeur de son caniche, tapote nerveusement le sous-main avec le capuchon de son stylo en attendant l'ordre d'attaque. Il finit par lâcher, excédé :

– Général Beck, je vous rappelle que nous sommes dans le cadre d'une opération conjointe de l'OTAN et de l'Union européenne, représentée ici par la Commission de prévention des risques, laquelle est seule décisionnaire dans le choix des cibles. Allez-y !

Ils se mesurent du regard. L'officier détourne les yeux, soupire, appuie sur une touche de son interphone :

– Confirmation cible 13.

*

Dans le taxi qui fonçait vers la gare, j'ai appelé Damien. Rumeur de piano-bar : il n'avait pas mis longtemps à changer ses projets de soirée.

– Je suis en réunion, a-t-il glissé, atone. Ton rendez-vous s'est bien passé ?

– Non. Comment elle s'appelle ?

Il m'a demandé de quoi je parlais, sans illusions. La difficulté de mentir à une médium a toujours été l'obstacle majeur dans mes relations avec les hommes. La plupart du temps, j'évitais de me brancher sur Damien – ce qui représentait un tour de force, vu qu'il ne quittait pas mes pensées depuis un an. Aussi neutre que possible, je l'ai informé qu'il baisait avec une rousse à rayures bleues.

Un sursaut de sincérité a lézardé sa voix :

– Hein ? Mais pas…

– « Pas encore » ? J'ai de l'avance, comme d'hab', c'est ça ? T'es nul, Damien. Je suis quoi, moi, dans ta vie ?

– Écoute, Chloé, c'est toi qui n'as jamais le temps… Je te rappelle.

Un bip a devancé mes protestations. Mais il s'était trompé de touche : au lieu de raccrocher, il avait enclenché le haut-parleur.

– Ça veut dire quoi, ça ? a grincé une voix jeune. Que si elle avait le temps, j' serais pas là ?

– Arrête, Alexia… Tu vas pas t'y mettre, toi aussi !

– Quand on prend un verre avec une femme qu'on drague et qu'on reçoit un appel de sa future ex, on va lui parler aux chiottes. Ça s'appelle le respect.

Bruits de chaises, froissements, larsens. L'experte en savoir-vivre avait dû quitter le bar. Portable glissé dans sa poche, Damien l'a rattrapée sur le trottoir. Le son me

suggérait les images sans que j'aie besoin de me concentrer.

– Écoute, Alexia, tu vas pas me quitter, là, comme
ça...

– J'vais me gêner !

– Chloé nous a vus faire l'amour : elle se trompe
jamais.

– Y a un début à tout. Taxi ! Aïe !

Choc, bruit de tôle, silence. La vision qui avait perturbé ma recherche de cible à l'OTAN venait sans
doute de se concrétiser. L'Alexia s'était cassé le talon
en tentant d'échapper à Damien ; il l'avait rattrapée in
extremis, renversée malgré lui sur le capot d'une voiture en stationnement, et voilà. En interprétant de
travers une image prémonitoire, j'avais contribué à ce
qu'elle devienne réalité. C'était là tout le paradoxe de
la voyance – les relations ambivalentes de l'espace et du
temps dans lesquelles Albert me ballottait depuis l'enfance. M'envoyait-il des éléments d'un futur préexistant
ou de simples probabilités que je validais en les proje-
tant ? Autrement dit : étais-je la réceptrice ou la cause
des événements à venir qu'il me faisait voir ?

En vingt-cinq ans de cohabitation avec lui, c'était la
première fois que ce dilemme interférait avec ma vie
privée. Que fallait-il en conclure ? La rupture que mon
attitude risquait de provoquer entre Damien et moi

était-elle une nécessité, un désir inconscient de ma part, un acte manqué ?

Le cœur en vrille, j'ai jailli du taxi, couru à travers la galerie marchande. Moins de cinq minutes pour attraper mon train. Je n'avais pas le droit de le rater : ce qui m'attendait à l'arrivée était une question de vie ou de mort.

Mon portable a sonné. La patronne d'une marque de sportswear. Angoisse du soir, besoin de se rassurer gratuitement. J'ai pris l'appel sans ralentir.

– Désolée, Sabine, je viens d'arriver à la gare – non, demain j'ai six consultes, une radio et une télé en prime time, j'aurai absolument pas le temps de vous recevoir… Eh ben retardez votre introduction en Bourse et rappelez mon secrétariat, je suis en double appel, bonsoir. Fait chier.

J'ai permuté pour essuyer les reproches de ma mère, outrée d'avoir appris par ma secrétaire que je descendais à Nice sans lui rendre visite.

– Je repars demain matin à 8 heures, maman. Et là, en arrivant, je vais directement à mon rendez-vous… Oui, j'ai des rendez-vous à minuit et demi ! Je t'embrasse, je vais rater mon train.

J'ai percuté un type en raccrochant, un garçon de café. Il m'a dit pardon. L'espace d'un instant, j'ai eu envie de rendre ma dernière phrase prémonitoire, de renoncer à cet aller-retour aberrant dans mon planning, de m'asseoir pour faire un vrai repas. Toutes les tables étaient prises. Et Linda Newman ne reviendrait pas chanter en Europe avant six mois : je n'allais pas la renseigner par téléphone sur l'évolution de son cancer.

Les pâtes en salade du Thalys m'ont calée, à défaut de me nourrir. Je comptais sur la parenthèse du voyage pour avoir une explication avec Albert, mais je me suis endormie avant même d'avoir renoué le dialogue. À l'arrivée, je n'avais aucun souvenir de mes rêves, et j'étais encore plus épuisée qu'au départ.

*

Les spectateurs en tenue de gala sortaient du hall lorsque le taxi m'a déposée devant l'Opéra de Nice. Je suis passée par l'entrée des artistes. Cinq minutes plus tard, les derniers admirateurs quittaient la loge de Linda, et elle me serrait dans ses bras. Elle avait encore maigri depuis *Otello* à la Scala, en mai dernier.

– Comment tu me sens ? a murmuré l'ancienne meilleure amie de ma mère, qui était partie avec mon père l'année de mes douze ans.

– Mieux.

– J'ai encore eu un petit problème dans *La Flûte enchantée*, mais tu avais raison : j'ai beaucoup moins souffert du traitement ce mois-ci. On vient de me proposer *Carmen* à Covent Garden en décembre 2023, je dis oui ou non ?

Une image a répondu aussitôt : notre caveau de famille au cimetière de Caucade. Sous le nom de papa était inscrit : *Linda Newman (1958-2020).* D'une voix neutre, je lui ai conseillé d'accepter.

– Tu es sûre ? Mais si jamais je suis obligée d'annuler ?

Les yeux dans les yeux, je l'ai assurée que, pour elle, ce serait sans conséquence. Elle a compris. Avec un acquiescement silencieux, elle est allée s'asseoir à sa table de maquillage. Elle a ôté sa perruque, l'a posée sur le crâne en polystyrène à sa gauche et l'a brossée avec nostalgie.

– Chloé… donne-moi la date de ma mort.

L'image de la tombe est revenue, mais l'inscription avait changé. À présent, c'était *1958-2035.* Comment devais-je le prendre ? Une défaillance, une fin de non-recevoir, un symbole ? Le sens du message était peut-être, justement, l'apparente contradiction des deux visions : sa durée de vie s'allongerait à mesure qu'elle programmerait sa carrière sans se préoccuper de l'échéance.

– Donne-moi la date ! a-t-elle répété sur un ton de froideur impatiente.

Avec autant de gêne que de franchise, j'ai répondu que je ne pouvais pas. Un voile de larmes a adouci son insistance.

– Je t'en supplie, Chloé. Je veux réussir ma sortie.

J'ai esquissé un geste affectueux auquel elle s'est dérobée, allergique à toute forme de pitié.

– Je suis désolée, Linda, mais ça change, ça bouge tout le temps… L'avenir est une force en mouvement, pas une donnée stable. Y a aucune certitude. C'est ton moral, ta volonté de te battre ou non, tes espoirs ou tes doutes qui décident du moment…

Elle s'est énervée d'un coup, jetant sa brosse à travers la loge.

– Je ne t'ai pas fait venir pour que tu me renvoies mes doutes !

À nouveau l'image de la pierre tombale. Mais cette fois, dans la parenthèse au-dessous de son nom, il n'y avait plus que sa date de naissance.

– J'exige du précis, du clair et net, Chloé ! Comme d'habitude !

J'ai craqué, sous la pression du surmenage et de la détresse qui m'ôtaient le contrôle de mes visions :

– Mais merde ! Si je te donne une date précise, là, maintenant, je te mens, je t'influence et elle devient vraie ! Linda ! Tu te feras mourir au moment où je l'ai dit, comment tu veux que j'assume une responsabilité pareille ?

Elle a refermé les doigts sur mes épaules en répondant, ses yeux dans les miens :

– Ce n'est pas mon problème. Je *veux* savoir !

Je lui ai dit de consulter quelqu'un d'autre et je me

suis enfuie. Atterrée par ma réaction, j'ai marché un quart d'heure dans les rues endormies du Vieux Nice en tirant ma valise qui tressautait sur les pavés. Arrivée à l'hôtel Aston, j'ai fait quarante longueurs de crawl sur le toit et je suis ressortie de la piscine aussi énervée qu'en y entrant. Même l'état modifié de conscience auquel j'accédais depuis toujours en nageant n'avait pas réussi à faire revenir la voix dans ma tête. Je n'avais plus entendu Albert depuis au moins dix heures. Et son dernier message audible concernait la grande période de chance qui s'ouvrait devant Mme Le Couidec-Mertens – juste avant son vol plané avec fracture de la cheville. Qu'est-ce qui perturbait la réception ? Qu'est-ce qui faussait le contact ?

Je regagne ma chambre, j'allume mon Mac et je vais rechercher sur Internet la voix originale d'Albert. Comme un diapason pour me réaccorder. Je choisis l'interview en français de 1954, celle qui m'émeut le plus. Le journaliste de l'ORTF attaque en mordillant sa pipe :

– Votre ami le zoologue Karl von Frisch dit de vous : « Attention qu'il ne vous parle pas jusqu'à ce que mort s'ensuive. » Vous êtes vraiment si bavard ?

Albert Einstein l'observe par en dessous avec son regard de chien battu qui pardonne – cette expression des dernières années, cette résignation en souffrance qui a succédé à l'allégresse provocante et farceuse de ses décennies de gloire. Il répond lentement, cheveux hirsutes, sourcils et moustache en berne :

– Oui, mais plus personne ne m'écoute.

Je fige l'image, je plonge dans ce regard éteint qui s'efforce de cacher le brasier intérieur.

– Qu'est-ce qui se passe, Albert ? Pourquoi y a ces perturbations ? Pourquoi je ne t'entends plus ?

L'écran s'éteint. Je suppose que c'est une réponse. Je vais faire couler un bain, je prends mon téléphone et j'appelle Damien. Si c'est moi qui suis la cause de ces bugs, il faut que je réduise la pression. Que j'évacue ma rage et que j'assume le reste.

– *Bip !* n'est pas disponible actuellement. *Bip !*

Difficile pour une boîte vocale d'afficher plus clairement le tempérament du correspondant. Je prends une longue inspiration et je laisse parler mon cœur en arpentant la chambre :

– Damien, j'sais bien que c'est pas toujours facile d'être avec une médium… Pardon si je t'ai agressé tout à l'heure. J'ai des problèmes avec Albert, en ce moment. Jusqu'à présent, il était juste jaloux, mais là… Rappelle-moi. Je… j'ai besoin de te faire confiance.

Je laisse un temps de silence, puis je raccroche. Les yeux fermés, je le vois en caleçon et tee-shirt, assis sur le couvercle des chiottes, effaçant mon message avant de regagner le lit conjugal. Mais ce n'est pas une vision transmise par Albert, ce n'est que le fruit de mon imagination. Une conclusion lucide. Le produit d'une réalité qui s'achève.

Je n'en veux pas à Damien. C'est moi qui ai refusé de le voir tel qu'il était, c'est moi qui ai cru que la passion qu'il m'inspirait allait le changer. Mais il fait jouir toutes les femmes avec lesquelles il couche : le phénomène n'a rien d'exceptionnel pour lui. Et on ne construit pas un couple sur une émotion unilatérale. Il s'est servi de moi pour sa carrière, en échange il m'a appris le plaisir – il s'estime quitte et je suis sans haine. J'ai mal, c'est tout. Envie d'en finir. Pour la première fois de ma vie, le suicide ne m'apparaît pas comme une aberration contre nature, un aveu d'échec... C'est un constat d'amour, rien de plus. L'amour indigne qui écœure et ôte son goût à tout le reste.

Le miroir de la chambre confirme le diagnostic. Je n'ai jamais eu aucune illusion sur moi-même : avec mes faux airs de dominante et mes tailleurs sexy, je suis une imitation de femme, une apparence trompeuse, une éternelle gamine harcelée mentalement depuis ses douze ans par l'énergie d'un mort. Seul Damien a su me rendre l'usage personnel de mes pensées et de mon corps. Il m'a dépossédée. Dans tous les sens du terme.

Je retourne à la salle de bains. Au moment où je ferme les robinets, j'entends mon ordinateur relancer la vieille interview, comme si la distance réduisait l'effet de ma surchauffe mentale sur les circuits informatiques.

Je me glisse dans la baignoire en me répétant malgré moi, écho dérisoire à mon vide intérieur, ce dialogue presque inaudible que je connais par cœur :

– Albert Einstein, vous avez écrit « Je crois en une vie après la mort, car l'énergie… »

– … ne peut pas mourir. Elle se transforme, elle circule, elle ne s'arrête jamais.

– Alors dites-nous, que ferez-vous une fois mort ?

– Ce que j'ai raté de mon vivant, répond le génie du XXe siècle dans son français de bibliothèque truffé d'inflexions germano-yiddish. Réussir l'éducation et le bonheur d'un enfant. Arrêter toutes les guerres. Aider les êtres humains à s'aimer davantage, à maîtriser leur avenir… Et sauver les abeilles.

– Les abeilles ? Pourquoi les abeilles ?

– Quatre-vingts pour cent des fruits et légumes ne peuvent pas se reproduire sans les abeilles. J'ai fait le calcul. Le jour où elles disparaîtront, l'homme n'aura plus que quatre années à vivre.

– Ah bon ? La communauté scientifique est-elle d'accord avec cette prédiction ?

– Non. Mes contemporains ne voient plus en moi qu'un mélange d'hérétique et de chercheur dépassé qui s'est survécu à lui-même.

*

À la gare de Bruxelles-Midi, mon éditeur m'attend au pied de l'escalator du Thalys. Trompant mon épuisement nerveux dans un effort de politesse, je lui dis que je suis flattée qu'il soit venu me chercher en personne.

– Pas de souci, répond-il. Je vous accompagne à la radio, comme ça on aura le temps de parler de mon divorce.

Il se maintient à ma hauteur tandis que j'accélère, me dit qu'il se demande, par rapport à ce que j'ai senti le mois dernier, s'il n'a pas intérêt à négocier la garde alternée contre le chalet de Megève. J'entends le son de ma valise qui tombe. Il me rattrape vivement.

– Chloé, ça ne va pas ?

– Si, si… Je n'ai rien mangé depuis hier.

– Venez, on a tout le temps.

Il m'entraîne vers les restaurants de la galerie marchande. Je n'ai presque pas fermé l'œil de la nuit. Je me sens totalement cotonneuse, comme étouffée de l'intérieur par le silence d'Albert. Je ne supporte pas cette solitude. Il ne me fait plus de commentaires sur rien, ne m'envoie plus d'images, ne répond plus à aucune de mes questions. Combien de temps va durer la brouille ? La seule fois où j'ai vécu ce genre de situation, c'est quand je suis sortie avec un militaire allemand, l'été 2013. Deux jours de grève en signe de protestation. Qu'est-ce qu'il me reproche, là ? De m'être servie de mon crédit de médium pour aider la carrière de mon amant? D'avoir laissé polluer mon canal psychique par la dépendance amoureuse?

– Ça se présente très bien pour ce soir, se réjouit l'éditeur en s'attablant sous un palmier en plastique. Une télé comme ça le jour de la sortie, c'est absolument génial. Garçon!

Il sort de sa serviette un stylo, me tend un exemplaire de *Mes visions du monde*. Sur la couverture, ils ont mis mon visage à l'intérieur d'une boule de cristal, façon bocal à poisson.

– Vous le dédicacez à Roland Buech.

Ma main se crispe sur le stylo. Le silence d'Albert se contracte en énergie de refus.

– Roland Buech, le psychanalyste?

– Il est chroniqueur dans *Vérité oblige*, ce soir. Excellent pour l'audience.

– Mais c'est un tueur, ce type! Il ne croit en rien, il va tout faire pour me ridiculiser!

– Eh bien, vous lui ferez une voyance perso, et ça lui clouera le bec.

– Ce n'est pas mon rôle, enfin! Je ne suis pas une vedette de cirque! On annule.

Il me regarde avec un mélange de compassion, de diplomatie et de fermeté sereine.

– Je comprends, mais relisez votre contrat. Si vous refusez d'assurer la promo, vous devez rembourser l'à-valoir disproportionné que vous m'avez fait verser à la mucoviscidose.

Son téléphone vibre, il s'éloigne vers le comptoir pour prendre l'appel. À bout de nerfs, je sors mon portable. Damien répond à la première sonnerie. Détendu, mondain, aimable. Un ton de cocktail. Le PDG des laboratoires Gall est en train de le présenter à son staff. Je lui demande s'il a écouté mon message. Non, il n'a pas eu le temps de consulter sa boîte vocale.

– Je peux te voir ce soir ?

– Écoute, Chloé, je crois qu'il vaudrait mieux qu'on arrête.

– Qu'on arrête quoi ? Nous ?

Une vraie gêne passe dans sa voix :

– Je te sens malheureuse à cause de moi, et je culpabilise. Et puis…

Il laisse sa phrase en suspens pour boire une gorgée. Dans le silence où tintent les glaçons de son verre, j'achève à sa place, aussi neutre que je peux :

– Et puis tu penses à ma réputation professionnelle. Ça serait mauvais pour moi si ton patron apprenait qu'on est ensemble et que je lui ai fait engager un tocard pour raisons sexuelles. C'est ça ?

Il s'insurge doucement :

– Ce n'est plus de la voyance, là, c'est de la parano. Tu ne tournes plus rond, Chloé.

Entre mes dents, je le traite de salaud. Il baisse encore

la voix pour me signaler que je me suis plantée, hier soir : il n'a pas fait l'amour avec Alexia.

– Je te crois pas.

– Comme tu veux. Mais ce n'est pas pour une autre que je te quitte. Je n'aime plus la femme que tu es devenue, Chloé. Tu as un double appel, prends-le, c'est peut-être urgent.

Et il raccroche. Machinalement, les doigts tremblants, je permute.

– Oui, c'est maman, ça fait une heure que j'essaie de te joindre ! Je suis chez Darty, mon lave-vaisselle m'a lâchée ce matin. Qu'est-ce que tu sens le mieux ? Bosch, Samsung ou Siemens ?

Je lui ai répondu de prendre le plus cher.

– Et s'ils ne l'ont pas en stock ?

La tête vide, j'ai murmuré :

– Je ne vais pas très bien, maman.

– Merci ma grande, je te rappelle. Et surtout, la prochaine fois que tu viens à Nice, préviens-moi à l'avance : j'ai quatre personnes très importantes à qui j'ai promis une consultation, il faut absolument que tu les voies. De quoi j'ai l'air, sinon ?

Je me suis mordu les lèvres pour ne pas fondre en larmes quand elle a raccroché.

– Vous désirez ?

– La paix ! ai-je crié au serveur qui me tendait son menu.

Il a souri d'un air conciliant : ce n'était pas sur la carte, mais il pouvait demander au chef. C'est là que j'ai perdu conscience un bref instant. Et que le silence d'Albert a cessé d'exprimer la réprobation pour devenir une véritable absence.

Dominant le malaise, je redresse in extremis mon plateau chargé de verres à pied et d'assiettes sales. Et je regarde la grande blonde qui, secouée de soubresauts, a l'air aussi sonnée que moi.

– Garçon !

Je pivote vers la 38. Derrière son palmier en plastique, le touriste à bermuda me tend son addition comme un os à un chien. Il répète ma raison sociale d'une voix si forte que je fonce l'encaisser avant que ça n'alerte la gérante.

– Vous êtes sourd ou quoi ? C'était trop cuit, en plus.

Les orteils crispés pour garder le sourire, je lui rends sa monnaie en essuyant ses critiques, puis je me retourne vers la 15. La blonde a disparu.

Je cherche autour de moi, la vois qui s'éloigne dans la galerie en direction des taxis, coursée par un type en imper qui lui tend le croissant qu'il a pris dans la corbeille du comptoir.

– On peut commander ?

Le groupe de cadres en séminaire, à la 13. J'acquiesce d'un signe. Je vais débarrasser mon plateau et je reviens, tablette en main. Je me sens bien à nouveau. Enfin, bien... Normal, quoi. Les pieds gonflés, la tête lourde et le cœur vide.

– Garçon, j'ai un train ! se plaint la 19 pour qui j'ai fait marcher un tartare végétarien depuis dix minutes.

Je lui dis que j'arrive et je récapitule la commande qu'une voix de vieux impatient, dans mon dos, vient de lancer pour la 13 :

– Une cassolette du pêcheur, un pavé maître d'hôtel saignant, deux plats du jour, un confit de canard, une salade gourmande et un sancerre rouge.

En relevant les yeux, je croise le regard ahuri du doyen de la table. Je ne vois pas où est l'exploit : ils ne sont que six. Je m'entraîne tous les soirs à mémoriser trente commandes à la fois pour faire illusion. Tandis que je finis de sélectionner leurs plats sur ma tablette, je les entends qui échangent des commentaires de surprise unanime : chacun d'eux, le nez dans son menu, confirme que c'est bien ce qu'il était sur le point de choisir et se demande comment j'ai pu deviner. C'est un congrès d'alzheimers, ou quoi ?

– Un double expresso, s'il vous plaît, me glisse la fille en noir à ma gauche.

Tout en envoyant la commande de la 13 en cuisine, je lui répète en écho :

— ... dans une grande tasse avec un pot d'eau chaude, comme votre grand-père. Ça marche !

— Mon grand-père ? sursaute-t-elle. Pourquoi vous parlez de mon grand-père ?

Je désigne le vieux monsieur de la table voisine, qui a le même accent allemand que l'amnésique de la 13.

— Il vient de me dire : « comme son grand-père ».

Je me retourne pour prendre à témoin le papy derrière son magazine. Sans transition, il me formule son intention de fumer. Je réagis aussitôt :

— Ah non, monsieur, vous ne pouvez pas ! Ce n'est pas parce qu'on est en terrasse qu'on n'est pas dans une gare.

— *No comprendo*, sourit le vieux en abaissant sa revue.

Un peu aigre, je lui fais remarquer que jusqu'à présent il parlait français : j'apprécie moyen qu'on se foute de ma gueule pendant le service. Il me regarde avec un air d'incompréhension totale. Tous les neuneus en partance se sont donné rendez-vous ici, ce n'est pas possible. Je pivote vers la fille en noir.

— Vous pouvez lui traduire, madame ?

— Traduire quoi ?

— Que les parasols et les palmiers ne signifient pas « espace clopes ».

— Et en quoi ça me concerne ?

– Il vient de dire qu'au moins, là où il est, il peut fumer. Empêchez-le, madame.

– Mais ce n'est pas à moi de le faire, enfin !

Je lui rappelle que c'est son grand-père. Dans un sursaut, elle objecte avec dureté que son grand-père vient de mourir. Perdant pied, je fixe le vieux qui s'est remis à parler sans desserrer les lèvres. Il est ventriloque, ou quoi ?

– Attendez, madame… Je viens d'entendre : «Il fa bienne, il dit merdzi à sa bedide-fille…»

– C'est une honte ! glapit-elle en se dressant. On ne se moque pas des personnes en deuil !

Je fronce les sourcils, la prends à témoin de l'énormité qu'il me sort dans la foulée :

– «Il lui dit merdzi pour l'euthanasie.»

La cliente pousse un cri d'épouvante, empoigne sa valise et détale. Je lui cours après.

– Madame, revenez !

– Zac ! m'arrête la gérante en me chopant par le bras. J'peux savoir ce qui se passe ? Tu agresses les clientes, maintenant ?

Je bredouille que c'est un cas de grivèlerie organisée : son complice a fait diversion pour lui permettre de partir sans payer.

– Sans payer quoi ? Elle a rien consommé.

Complètement désarçonné, je vois la fille en noir

disparaître au coin de la pharmacie. Je me retourne vers ma patronne.

– Mais… qu'est-ce qui m'arrive ?

La gérante me regarde avec une suspicion attentive.

– C'est ce que je te demande.

Dans le taxi, l'éditeur est en train de me lire avec fierté ce qu'il appelle « ma presse » : trois échos avec photo annonçant mon livre dans les pages people de *VSD*, *Elle* et *Match*. Ils rappellent que je suis consultée par la reine des Belges, Céline Dion, LVMH, Depardieu, Microsoft... Ils donnent mon tarif, indiquent mon âge, soulignent que c'est précoce pour écrire ses mémoires.

Je l'écoute d'une oreille en terminant mon croissant. Sur l'autoradio, une journaliste déclare que tous les experts sont formels : aucun stock d'armes dans les décombres de l'usine de chaussures bombardée par l'OTAN. Quand elle demande au président de la Commission de prévention des risques comment justifier une telle erreur de cible, mon consultant se contente de répliquer :

— À qui faites-vous confiance, mademoiselle ? Aux forces armées du monde libre ou à la propagande terroriste ?

Je passe la main sur mon visage, consternée. Comment ai-je pu prendre une vision personnelle pour un ordre d'attaque en provenance d'Albert ? Je lui demande s'il m'en veut. Toujours aucune réponse. Aucun signe de présence. J'attrape vivement mon portable qui vient d'émettre un bip de sms, et réclame à l'éditeur un crochet par la clinique Saint-Jacques.

– Vous avez un problème ? s'inquiète-t-il.

Je le rassure d'un signe de tête en lui rendant sa presse.

*

Trônant dans son lit d'hôpital en déshabillé grège au milieu de fleurs somptueuses, le pied gauche dans une gouttière et la mine épanouie, Mme Le Couidec-Mertens me remercie avec effusion d'avoir si vite répondu à son texto.

– Vous êtes un ange, Chloé ! Comme vous avez bien fait de ne pas m'annoncer cet accident !

Très gênée de n'avoir rien capté, j'élude par une moue qu'elle prend pour de la modestie.

– Je sais que vous l'aviez vu, précise-t-elle avec un sourire fin. Mais si vous me l'aviez prédit, j'aurais fait attention avant de traverser et j'aurais gâché les plus beaux moments de mon mariage.

Elle désigne les bouquets, les boîtes de chocolats.

– Sébastien est tellement gentil… C'est dans l'épreuve qu'on mesure vraiment les sentiments… Oui donc, enchaîne-t-elle en baissant la voix, comme je vous le disais dans mon texto, ils veulent ouvrir pour mettre une broche. Par qui je dois me faire opérer, le Pr Moulins ou le Dr Hokaïdo ?

Je ferme les yeux pour attendre la réponse. Rien ne vient. Je relève les paupières, croise le regard interrogatif de ma cliente. Je ne comprends pas. Pour une demande aussi urgente et simple, Albert ne peut pas refuser son aide, même s'il a décidé de me punir. Il ne va tout de même pas faire payer à une consultante mon abus de pouvoir dans le recrutement de Damien ? Je bredouille :

– Il me faudrait leurs photos.

Avec une mimique de gamine défiant les raideurs de son lifting, elle annonce fièrement qu'elle a mieux. Elle ouvre le tiroir de la table de chevet, désigne l'intérieur.

– Les lunettes d'Hokaïdo, le stylo de Moulins.

Je prends un objet dans chaque main, me concentre en visualisant Albert. Aucune information, aucun ressenti. Attentive à mes réactions, la vieille industrielle développe son dilemme :

– D'un côté, avec Moulins, c'est la sécurité, c'est l'expérience, je suis en confiance : on déjeune ensemble au golf tous les samedis. D'un autre côté, Hokaïdo, c'est la jeunesse, la précision japonaise… Qui vous sentez le mieux, Chloé ?

Je rouvre les yeux dans une détresse totale, desserre les doigts sur les objets qui ne me disent rien. Le stylo a coulé, tachant de violet ma paume droite. Je le pose sur la table de chevet dans un mouvement de répulsion, gardant les lunettes dans l'autre main.

– Hokaïdo ! traduit Mme Le Couidec. Moi aussi, je le sens mieux. D'ailleurs Moulins est débordé, c'est lui qui m'a conseillé son assistant.

Elle me reprend les lunettes, les pose à côté du stylo en ajoutant d'un air espiègle, comme pour me rassurer :

– Je dirai que je les ai trouvés par terre, qu'ils les ont perdus pendant la visite.

Puis elle retire son collier d'émeraudes, le glisse dans le tiroir de la table de chevet. Machinalement, je lui dis que c'est dangereux de garder avec elle un bijou de cette valeur. Elle bondit :

– On va me le voler ? Qui ?

Pour me soustraire aux questions, je réponds que c'est juste une remarque en passant et que je ne me sens pas très en forme.

– Oui, oui, sauvez-vous, c'est adorable d'être passée, avec tous les gens qui vous sollicitent… Vous êtes vraiment la plus fiable, conclut-elle avec fierté.

Et elle planque son collier dans un sachet de chips

entamé, qu'elle range au fond du tiroir en me faisant un clin d'œil :

– Ni vu ni connu...

Dans le couloir, le président de la Commission de prévention des risques m'appelle pour me féliciter de ma bévue : personne ne croit à une erreur de cible, mais l'OTAN a répondu au tollé des médias en dégommant le général Beck, ce dont il se réjouit. Il me demande sans transition si je vais toujours chez la princesse du Qatar, après-demain. Je m'immobilise devant le distributeur de boissons. Apparemment, je ne suis pas son unique source de renseignement. Il enchaîne qu'il est vital que ma cliente persuade l'émir de condamner l'attitude de Moscou et d'honorer ses engagements.

– Ça n'est pas de mon ressort, monsieur.

– Mais si ! Vous dites : « Mes voix m'ont dit que », et voilà.

Je m'insurge en lui assénant que ça ne marche pas comme ça, la médiumnité. Il me rappelle que je suis sous contrat avec l'Union européenne et qu'il s'agit d'un ordre. Il raccroche.

Je reste le doigt en suspens devant le clavier du distributeur. Quels engagements, quelle attitude de Moscou ? La princesse Al-Saya ne s'intéresse qu'à son cul – de toute manière, j'ai toujours refusé de mettre mon influence au service d'intérêts étrangers à ceux de mes consultants. Je ne vais pas commencer à faire mentir Albert alors même qu'il a cessé de me parler.

Le crâne dans un étau, j'hésite entre café et chocolat. Un chirurgien en blouse oblique vers moi, dans le genre vieux lion poseur et amorti.

– Bonjour, mademoiselle, fait-il d'un ton velouté de séducteur hors d'âge. Pardon de vous aborder ainsi, mais je vous ai vue à la télévision. Permettez-moi de me présenter...

Les yeux sur sa poche pectorale tachée de violet, je le devance machinalement :

– Professeur Moulins ?

Il marque un temps d'arrêt, sourcils haussés. Il me dit que je suis impressionnante. Puis il enchaîne, tout en introduisant maladroitement des pièces dans la machine :

– J'entends régulièrement chanter vos louanges par mon amie Le... Le...

Il creuse les points de suspension pour retrouver le nom de sa patiente. Je lui souffle :

– Le Couidec-Mertens.

– Bravo, confirme-t-il en tâtonnant d'un doigt tremblant sur les touches du distributeur. De vous à moi, comment va se passer son opération ?

Rassurée de savoir ma consultante entre les mains d'un autre, je laisse échapper :

– Mieux. Enfin, bien, là, maintenant... Très bien.

Il me remercie avec chaleur, comprimant mes poignets pour maîtriser son tremblement.

– Chloé! s'impatiente mon éditeur en jaillissant de l'ascenseur. Il est moins le quart!

Je le rejoins, tandis que le professeur Moulins claironne en direction d'une interne qui passe :

– Le Couidec... Je l'avais donnée à Hokaïdo, finalement c'est moi qui l'opère.

Je fais aussitôt volte-face pour démentir mon commentaire qu'il a pris pour une prédiction. Mais l'éditeur me rattrape par le bras, et m'engouffre dans la cabine en me rappelant que l'émission est en direct.

Je dépose la soucoupe de monnaie à côté du bock pression de la 12. La main du client se referme sur mon avant-bras. Un skin en treillis avec des tatouages gothiques.

– Tu m'embrouilles, là, ou quoi ? Tu me rends sur vingt, je t'ai filé cinquante.

Je réponds non d'un ton sec. On me fait le coup dix fois par jour et j'ai d'autres choses en tête.

Il se dresse d'un bond, me saisit par le col.

– Tu me cherches, le nain ? Tu me traites de menteur ?

En essayant de lutter contre l'étranglement, je transmets ce que j'entends : son billet de cinquante est plié entre sa carte de crédit et son chien. Il me lâche aussitôt en braillant que je lui ai piqué son portefeuille, attrape son blouson sur la chaise d'à côté, en sort l'objet du litige, y trouve le billet de cinquante euros derrière la photo d'un pitbull. On échange le même regard abasourdi. Il recule d'un coup, rafle sa monnaie et se barre comme s'il avait les flics aux fesses.

Je croise le regard froid de Nicole, la gérante. Une Liégeoise peroxydée qui s'est fait retirer la garde de son môme, alors elle se venge sur le personnel. Visiblement, elle a suivi toute la scène. Elle échange un haussement de sourcils avec Guillaume, un des trois autres serveurs.

– T'es discret, toi, commente mon collègue, le sourire oblique, en passant devant moi avec six plats du jour sur un seul plateau tenu d'une main.

Une famille nombreuse investit ma zone, et je reprends mon rythme. La tête toujours emplie des commentaires à jet continu de la voix off, je nettoie, je dresse, je prends commande, j'apporte, je dessers, j'encaisse. Les voyageurs de banlieue qui me connaissent n'ont pas l'air de me trouver changé. De mon côté, je m'efforce de ne rien montrer de ce que j'apprends sur eux.

Au fil des minutes, la tension s'apaise. Le plus impressionnant, finalement, lorsqu'il arrive quelque chose d'inexplicable, c'est la vitesse à laquelle on s'y habitue. La façon désarmante dont le naturel reprend le dessus, quand la raison disjoncte. On en vient même à apprécier les avantages d'une situation qui nous dépasse. Plus besoin de calculer, par exemple : le total s'énonce tout seul dans ma tête avant même que j'aie besoin d'additionner les tickets de caisse. Et pour les informations plus intimes que je reçois sur les gens, il suffit de ne pas en faire état. Continuer comme si de rien n'était, leur dire bonjour, qu'est-ce que ça sera, bonne dégustation, sans problème, merci, au plaisir. Ça n'atténue pas le cauchemar que je vis, mais j'ai de moins en moins de difficultés à faire semblant d'être toujours normal. Peut-être parce que la régularité prévisible du phénomène qui m'est tombé dessus gomme son aspect sensationnel. J'en ai pris mon parti, au bout d'un moment. Bien obligé.

Après le coup de feu du déjeuner, je sens la gérante qui m'observe pendant que je torchonne les tables. La pression du service qui se relâche fait remonter l'angoisse. Devenir d'une seconde à l'autre une espèce d'émetteur qui reçoit des infos sur tout et n'importe quoi, c'est peut-être l'effet secondaire d'une maladie. Un accident vasculaire. Un transport au cerveau.

– Faut que je te parle, Zac.

Je me retourne vers ma patronne. Alors il se produit un truc encore pire que la voix qui me pourrit la tête depuis une heure et demie. Voilà qu'il me vient des images. Comme un film en accéléré qui se projette sur Nicole. Je la vois dans les cuisines en train de rouler une pelle à Guillaume, après la fermeture. Elle le déshabille, le coince brutalement contre l'évier en plongeant la main dans son caleçon.

– T'accuses une cliente d'avoir tué son grand-père, récapitule-t-elle en m'agrippant le coude, t'annonces à une autre qu'elle est cocue, t'empêches des vieux de commander du champagne en leur disant de filer à jeun aux urgences et tu fais les poches d'un skinhead – tu veux couler mon resto, ou quoi ?

L'écho de sa voix résonne dans la vision qui se transforme aussitôt : Guillaume, rhabillé, présente son petit frère à Nicole. Poignée de main, contrat, signature.

– Zac ! Tu écoutes quand je te parle ?

Je la dévisage, souffle coupé. La vision a disparu, mais je vois clair dans ses pensées. Je pointe le doigt vers Guillaume.

– Attendez... Vous n'allez quand même pas me virer sans préavis pour faute professionnelle et engager son frère à ma place ?

Elle tombe des nues, l'air sincère.

– Moi ? Jamais j'irais penser une chose pareille !

Puis elle referme la bouche, songeuse, me fixe attentivement. Au bout de trois secondes, elle reprend d'une petite voix :

– Remarque...

*

Tout en collant au milieu de sa vitrine une affiche de promotion pour les grands crus de Belgique, Olivier me

J'AI PERDU ALBERT

regarde marcher vers lui comme un zombi, casque à la main, blouson fermé.

– Un problème ? s'empresse-t-il en venant à ma rencontre.

Je m'arrête. Inquiet de mon silence et de mon regard fixe, il insiste :

– Zac, ça va ?

Tétanisé, d'une voix neutre, je réponds :

– Je viens de me virer.

Et je lui explique la situation. D'abord il s'indigne : avec tout le mal qu'il s'est donné pour m'obtenir ce job, comment j'ai pu lui faire ça ? Et puis sa mine s'allonge à mesure qu'il m'écoute.

L'avantage, avec Olivier, c'est qu'on est amis depuis l'école. Il m'a connu heureux au milieu de nos ruches en pleine prospérité, marié à une somptueuse Flamande que mon père avait guérie d'un cancer avec son venin d'abeille, puis trompé, ruiné, cassé par la mort de papa, ressuscité d'un coup de foudre par la secrétaire du crématorium, arnaqué une fois de plus, croulant sous les élans déçus, les pensions alimentaires, la dette fiscale, les loyers en retard et les dépenses en pure perte pour tenter de sauver mes ruches. Olivier, lui, durant tout ce temps, s'est consacré de manière linéaire à ses régimes sans gluten, à ses études supérieures qui n'ont mené à rien, à sa maman dont il fait le désespoir et à l'amour sans retour qu'il nourrit pour une viticultrice de la province de Namur. C'est dire qu'il a toujours eu le temps d'écouter mes malheurs, de me calmer quand je m'emballe, de me ramasser quand je m'écroule et de m'abreuver de conseils raisonnables en sachant que je ne les suivrai pas.

Là, il est tout de même un peu sonné par ce qui m'arrive. Il m'a assis sur un tonneau décoratif, devant ses étagères à vins. Entre deux clients, il vient reprendre le fil de mes confidences.

– Et tu continues à recevoir des infos, là ?

Voûté dans mon blouson râpé, mon casque entre les cuisses, je désigne une bouteille dans mon dos.

– Il est bouchonné.

– Un Genoels-Elderen 2014 ? s'exclame Olivier, hautement sceptique. D'accord. Y a les bouteilles qui te parlent, aussi.

Et, avec une voix nasillarde de dessin animé, il agite ses grands doigts maigres en imitant le flacon :

– « Au secours, monsieur, j'suis bouchonné ! »

Il retourne vers son comptoir en secouant la tête, les yeux au ciel. Je me lève de mon tonneau pour lui expliquer :

– Non, c'est pas ça. J'entends une voix, une seule, toujours la même, qui me dit ce qui se passe autour de moi...

Diluant son inquiétude dans l'ironie, il s'informe :

– Genre quoi ? Jeanne d'Arc ?

– Un vieux, avec une voix douce et un accent.

D'un ton rationnel, la main sur mon épaule, il résout le problème :

– C'est la fréquence des flics, le wifi, j'sais pas... Un parasitage dans ton portable...

– Il me dit ce que pensent les gens, comment ils s'appellent et ce qui va leur arriver. Il m'envoie des images, aussi.

– Hmm, hmm. Il va m'arriver quoi, à moi ?

Je lui fais signe de se taire. Je ferme les yeux pour tendre l'oreille à mon correspondant, puis je répercute le message :

– Tu vas te foutre de ma gueule et me filer un foie gras périmé.

– Tu fais bien d'en parler, sursaute Olivier. J'allais oublier.

Et il sort d'un placard le bocal qu'il a mis de côté pour moi, précisant que six jours après la date limite, ce n'est pas mortel. Je lui bloque les poignets, sérieux.

– Olivier... t'as fait trois ans de médecine. Tu me réponds franchement : je deviens fou ?

Il me dévisage avec son bon regard de chien d'aveugle.

– Non, mais tu devrais passer un scanner. Tu as peut-être une compression au niveau du lobe temporal droit. Ça peut provoquer ce qu'on appelle des états modifiés de conscience. Des illusions genre visions mystiques, perceptions extrasensorielles…

Je sursaute.

– Tu veux dire quoi, là ? Que j'ai une tumeur au cerveau ?

– Non, juste un p'tit problème de tension.

– Et on peut devenir voyant comme ça, d'un coup ?

– Remarque, dit-il pour dédramatiser, les gens sont tellement cons, tu te ferais du blé. Parce que là, je suis désolé, mais je ne peux plus vendre ton miel.

Je le regarde déposer sur son comptoir le carton de vingt pots où se décollent mes étiquettes calligraphiées.

Pur miel toutes fleurs de Bruxelles.
Mis en pot à la propriété par l'apiculteur récoltant.

– Tous les clients le rapportent, il est trop dégueu.

Piqué au vif, je réplique :

– Parce que c'est du vrai miel : je rajoute pas de sucre !

– Tu devrais.

Son sourire navré se fige. L'émotion et la gêne avec lesquelles je le contemple soudain semblent le mettre mal à l'aise.

– Qu'est-ce qu'y a ?

Je m'entends dire d'une voix neutre qu'il devrait voir davantage sa mère.

– Pourquoi ? fait-il en sourcillant.

Je lui presse l'épaule sans répondre, j'insère son bocal de foie gras parmi mes pots de miel et je repars avec le carton sous le bras.

*

Le flux tendu des trains du soir commence à s'apaiser autour de moi. Je n'ai pas la force de rentrer à Molenbeek. Pas encore, pas dans cet état. Prostré au fond de la galerie marchande sur un siège en plastique, entre mon casque et mes pots de miel, je laisse passer le temps. Qu'est-ce qui m'attend, à part des abeilles mortes et des courriers d'huissier ? Je patiente jusqu'à la fermeture du caviste, mais je suis sans illusions. Après ce que je lui ai dit sur sa mère, Olivier va foncer directement chez elle.

De toute façon, j'ai bien senti que mon problème était devenu secondaire pour lui. Il ne m'a même pas demandé comment j'allais m'en sortir sans boulot, ni s'il pouvait m'héberger en cas d'expulsion. Heureusement, dans le fond... J'en ai assez d'inspirer la pitié, d'être un boulet pour le dernier copain qui me reste. Mes chagrins d'amour et mon obsession désespérée pour les abeilles ont fait le vide autour de moi, et à présent je pars en vrille : il y a une telle logique dans ma déchéance qu'il serait vain de résister davantage.

– Qu'est-ce que je vais devenir ?

J'ai marmonné tout haut, machinalement. Aucune réponse en interne, et ça ne m'étonne même pas. Le parasite qui se sert de mon cerveau pour s'exprimer n'en a rien à foutre de moi. Pour lui, je ne suis qu'un haut-parleur. Et l'indifférence totale avec laquelle j'envisage à présent mon avenir m'amène, en toute lucidité, vers l'hypothèse extraterrestre. À force de désespérer de la race humaine, je me suis chopé un alien. Voilà. Premier temps, il me squatte ; deuxième temps, il m'expulse. Quand il aura débarrassé mon corps de ma pensée, il pourra piloter en toute quiétude son nouveau moyen de transport.

J'aimerais y croire, tiens. Rien n'est pire que de vivre une situation surnaturelle en restant cartésien : c'est le plus court chemin pour devenir dingue. Mais je préfère encore ça à la perspective d'une tumeur au cerveau qui me rendrait extralucide.

– Marre de cette vie de merde, fait Isa en se laissant tomber sur le siège à côté de moi.

Je la regarde du coin de l'œil, dans son uniforme froissé. Elle fait cinq rotations Bruxelles-Rome pendant que je traite deux cents commandes, et le soir on se croise dans le même état de vide, à la fermeture du snack, quand le train la ramène de l'aéroport de Zaventem à la gare du Midi.

– Les pilotes ont reconduit la grève, soupire-t-elle. J'aurais pu me taper un week d'enfer, pour une fois que je suis libre en même temps qu'mon mec, et flaf !

Je regarde son rimmel coulé et son chignon en berne. La magie de l'hôtesse de l'air, c'est vraiment un truc du passé. La pin-up céleste qui enchantait mes vacances d'enfant est devenue un PNC, personnel navigant commercial. La dernière fois que j'ai pris l'avion, pour ce voyage de noces aux Canaries que mon ex-femme nous avait offert avec mon plan d'épargne logement, une phrase du chef de cabine a résumé le désenchantement : « PNC aux portes, désarmez les toboggans. » La fête est finie, l'enfance a fermé.

– Luigi, tu sais, le grand connard d'Alitalia…

J'acquiesce. Avant-hier, elle employait « super canon » à la place de « grand connard ». Plus les hôtesses se fanent, plus leurs escales sont courtes. J'ai l'habitude. Chaque fois que j'essaie de la draguer, elle me désarme le toboggan. Elle préfère que j'écoute ses malheurs. Je ne la branche pas, mais je participe.

– Tu devineras jamais le coup qu'il m'a fait, grince-t-elle en contenant sa rage.

Dans un sursaut, je gueule :

– Mais tu la fermes, oui ?

Elle sursaute.

– Qu'est-ce qui te prend ?

– Ça me regarde pas, ces histoires !

Elle me dévisage, la bouche ouverte, sidérée par ma réaction.

– Scuse-moi. T'es jaloux, ce soir ? enchaîne-t-elle, mi-narquoise, mi-flattée.

Je vais lui répondre que ce n'est pas à elle que je m'adresse, mais l'autre me devance une nouvelle fois.

– Fous-moi la paix !

Des voyageurs se retournent sur mon cri. Je reprends mon souffle peu à peu, aux aguets, écoutant mon silence intérieur qui, cette fois, a l'air de durer. Je l'ai mouché, l'alien. Il ne faut pas laisser prise, finalement. Je n'ai qu'à refuser d'écouter, et ça marche.

Je regarde Isa, plongée de profil dans ses pensées avec une moue butée. Je me rends compte, après coup, combien mon attitude a pu être mal interprétée.

– Je suis désolé…

– Non, non, t'as raison, laisse-t-elle tomber dans le vide. Chacun sa merde.

En surimpression, je la vois prise en levrette par un moustachu en tenue de steward. Je ne sais pas si c'est de l'avenir ou du flash-back. À son tour, elle glisse vers moi un regard en coin, détourne la tête quand je le croise. On reste murés un moment dans notre silence. Puis elle me touche le bras, mélancolique et douce. Je la fixe dans les yeux, tout en entendant de nouveau ses pensées à la troisième personne. C'est la première fois que la perspective d'en tirer un éventuel profit l'emporte sur le désagrément. Honnête à défaut d'être désintéressé, je retransmets :

– T'as pas envie de rentrer seule, ce soir. C'est vrai que je suis pas terrible, mais au moins t'as pas de concurrence, et comme ça tu risques pas de t'attacher.

Elle m'observe, décontenancée, avec une amorce de sourire où pointe une certaine fierté.

– Tu me connais bien, toi.

Lucide et franc, j'avoue :

– Y a pas de mérite.

Elle se cambre en gonflant sa poitrine qui vient souvent meubler mes rêves. Tout savoir sur tout le monde sans avoir rien demandé, c'est invivable, mais parfois c'est pratique.

– Heureusement que t'as personne, Zac. J'suis une vraie briseuse de couples.

– Non. Ils se recollent toujours sur ton dos.

– Eh ouais…, soupire-t-elle, résignée, en déposant un baiser sur ma joue. Tu me fais voir ta maison ?

D'un ton neutre, je continue à relayer les commentaires que je reçois :

– J'peux pas, t'es allergique aux abeilles.

– Moi ? Ben non.

– Ben si, tu le serais à la première piqûre, dis-je,

fataliste, avant de tenter sur la pointe des mots : On va chez toi ?

Elle hésite, puis bredouille, gênée :

– En fait, chez moi…

Elle laisse sa phrase en suspens. J'achève dans un soupir :

– C'est chez tes parents.

– Ça se voit tant que ça ?

J'acquiesce. Ça s'entend, surtout, mais ce n'est pas la peine de trahir ma source.

– Ils sont cool, tu sais, me rassure-t-elle en se serrant contre moi. Tu viens ?

Je réfrène aussitôt mon élan et je marmonne, lugubre :

– C'est trop tard.

Elle se détache, vexée.

– Dis donc, Zac… T'es sûr que je te branche ?

– Hélas oui.

– Pourquoi t'es aussi négatif, alors ? grogne-t-elle avec une frustration qui me remonte un peu le moral.

En guise de réponse, je désigne son iPhone qui se met à sonner trois secondes plus tard, tandis que «LUIGI» s'inscrit sur l'écran. Elle décroche vivement, soudain pleine d'espoir.

– Scuse-moi, me dit-elle.

Le cœur dans les chaussettes, je réponds :

– Bonne soirée.

Je ramasse mes affaires et je m'en vais, tandis qu'elle

parle en italien à son steward. Je me retourne vers elle après quelques pas. Visiblement, il a su trouver les mots pour se faire pardonner : elle m'a déjà oublié.

Je m'éloigne dans le hall entre les voyageurs qui se croisent et les machines qui nettoient le sol. Ça sert à quoi de connaître l'avenir ? À se gâcher le présent.

C'est complètement suicidaire, ce que je m'apprête à faire, mais c'est ma seule chance. L'absence d'Albert s'est transformée en état de manque insupportable. Cette solitude intérieure, je ne l'ai plus connue depuis mes douze ans. Depuis que la cohabitation forcée avec un Prix Nobel a fait écran aux disputes de mes parents, à ma peur des garçons, à la bêtise ambiante, aux jalousies comme aux rejets que je suscite. Je ne peux pas vivre sans Albert. Je ne suis plus qu'une coquille vide. Me mettre en danger à cause de lui devant des millions de personnes, je ne vois pas d'autre moyen pour l'obliger à revenir.

En rentrant tout à l'heure chez moi après vingt minutes de faux-fuyants à la radio, j'ai eu un regard d'angoisse vers la porte de la salle d'attente. J'ai demandé à Nelly, qui picorait ses pousses de soja à coups de baguettes rapides :

– Y en a combien ?

– Le 14 h 30 et le 15 heures. Le 16 heures est en retard, mais le 16 h 30 sera en avance.

Je me suis assise en face de son bureau et je lui ai avoué d'un trait :

– On a un problème, Nelly. Je ne capte plus rien. Albert ne m'envoie plus aucune info.

Dans son regard, j'ai vu l'indulgence narquoise avec laquelle elle me dévisageait à la fac, les rares fois où je me plantais lors d'un partiel. Elle m'a rassurée aussitôt : Albert me faisait la gueule, c'est tout, comme le jour où j'étais sortie avec un Allemand. J'ai riposté, à la limite de l'agressivité :

– Quand il fait la gueule, j'ai la migraine. Et là je me sens bien. Ça va pas du tout, mais je me sens très bien, comme si j'étais en vacances. La tête vide. Totalement vide !

Elle a désigné de ses baguettes la salle d'attente :

– Qu'est-ce qu'on fait ?

Je me suis relevée d'un bond.

– Dis-leur que j'ai une urgence à l'étranger.

Et j'ai foncé en direction du bois de la Cambre.

J'avais décapoté la BM, et les tourbillons d'air meublaient le silence. Je n'étais pas allée voir Georges depuis deux mois. Chaque fois que je réglais la facture de sa maison de retraite, je me promettais de lui consacrer le dimanche suivant, et puis Damien, l'OTAN, mes consultants, les urgences, les médias, les voyages…

Quand je lui téléphonais, c'était pour me plaindre de mes journées dingues et je m'en voulais, ensuite, parce que lui n'avait plus rien à faire.

Je me suis garée devant le petit château médicalisé, j'ai traversé la terrasse parmi les déambulateurs et les parties de scrabble. Il était dans sa chambre. Il ne se «mélangeait» qu'aux heures des repas; le reste du temps il restait retranché dans ses dix mètres carrés, relisait ses livres, faisait des réussites ou regardait Discovery Channel en travaillant ses abdos dans son fauteuil roulant.

Là, je l'ai trouvé en train d'écouter Rachmaninov sous son casque, tourné vers ses souvenirs encadrés sur les murs : moi en maillot de compète, de dix à dix-huit ans, dans les lignes d'eau, sur les podiums, avec mes coupes, mes diplômes... Toutes ces promesses d'un avenir que je n'avais pas choisi.

J'ai contemplé un instant mon vieil entraîneur, qui ponctuait les accords de l'orchestre avec sa tête et sa main gauche. Tout autour de lui, les bibliothèques que je lui avais montées croulaient sous les ouvrages de spiritualité classés par religion, les traités d'ésotérisme et les œuvres complètes d'Einstein. Sur le bord des étagères s'entassaient crucifix, chandeliers, trophées de natation, étoiles de David, croissants de cuivre, bouddhas, pentagrammes... Un fouillis à l'image de la curiosité inlassable qui lui tenait lieu de croyances. Je lui devais tout, le meilleur comme le pire. Mon pouvoir, ma liberté, ma dépendance. C'était mon père de remplacement, mon tortionnaire, mon référent.

Il a senti ma présence, s'est retourné en ôtant son casque. L'odeur de café au lait, de vieille laine et de sueur froide a empli mon nez pendant que je l'embrassais. L'odeur des fins de vie, la même partout, quel que soit le prix du décor.

– Tu vas mal, a-t-il dit en guise de bonjour.

Ce grand athlète cassé qui n'entraînait plus que son cerveau, ce puits de sciences occultes avait forgé mon corps et mon âme, et il continuait de lire en moi à livre ouvert. J'ai détourné les yeux vers la fenêtre. Je suis allée coller mon nez au carreau, j'ai dit :

– C'est beau comme ils ont refait le parc.

– Ils peuvent. Ils t'ont encore augmenté les mensualités, j'ai vu. C'est rare que tu viennes en semaine. Des soucis avec ton amoureux ?

– Oui, mais ce n'est pas le problème.

– Qu'est-ce qui t'arrive, Chloé ? Tu as l'air bizarre.

Je me suis assise au bord du petit lit surélevé. J'ai attendu un instant qu'il devine ce qui m'amenait, qu'il perçoive l'absence en moi. Rien. Ou alors il me laissait le soin de formuler le problème. Après une grande inspiration, je me suis jetée à l'eau :

– J'ai perdu Albert.

Il a roulé vers moi, m'a pris les poignets, a sondé mon regard. Son visage s'est creusé sous l'inquiétude.

– Perdu ? Précise.

Les mots se bousculaient dans ma gorge :

– Il n'est plus là. Il ne me parle plus, il ne me fait plus rien voir…

Georges a fermé les yeux en soupirant.

– Je t'avais prévenue. Il voulait que tu désarmes la planète, Chloé, mais pas à coups de missiles…

Je me suis raidie. Il a insisté de sa voix douce qui retournait le fer dans la plaie .

– Ça fait des années que tu en fais trop, que tu le disperses, que tu lui demandes des choses qui n'ont rien à voir avec lui… En plus, là, tu es malheureuse. Pour lui, c'était devenu invivable, chez toi.

J'ai soutenu son regard. L'une des seules questions à laquelle je n'avais jamais eu de réponse, c'était la nature exacte de son rôle. Avait-il simplement constaté en moi, gamine, l'infiltration d'Albert, ou l'avait-il amplifiée par ses conseils, ses lectures, ses rituels ?

Il m'a demandé si l'arrêt des transmissions était lié à un événement précis. J'ai fait mine de fouiller ma mémoire et j'ai secoué la tête. Je n'osais pas lui parler de la manière dont j'avais pistonné Damien, sous couvert de médiumnité. Un tel manquement à l'éthique aurait déclenché sa fureur, et j'avais besoin de son aide.

– Georges… qu'est-ce que je peux faire pour qu'il revienne ?

– Je n'en sais rien. Tu le veux vraiment ?

Je me suis penchée pour poser la tête sur son épaule.

– Je vis avec lui depuis toujours, je ne peux pas me retrouver toute seule… Je n'existe pas, sans lui. Personne ne m'aime pour ce que je suis, tout le monde se sert de moi… C'est insupportable, ce silence.

Il a caressé mes cheveux de sa longue main rêche. Il y avait dans sa voix autant de douceur que d'amertume :

– C'est une épreuve nécessaire, peut-être. Une étape dans ton évolution… Il reviendra quand tu l'auras franchie.

– Et s'il est parti pour de bon ? S'il m'a quittée pour quelqu'un d'autre ?

Georges m'a repoussée avec un sourire rassurant.

– On a peut-être besoin de lui ailleurs, ça ne veut pas dire qu'il te trompe. Il découche, c'est tout.

Je me suis relevée dans un élan d'impatience. Sa réaction paisible me blessait. L'onctuosité de sa voix jetait de l'huile sur le feu.

– Je passe à *Vérité oblige* ce soir, en direct, face à Roland Buech.

– Qui est-ce ?

– Le pire des rationalistes. Un psy, en plus. Tu imagines les pièges qu'il a dû me préparer… Il faut que j'annule !

– Mais non, Chloé, a-t-il soupiré en accentuant son sourire. Au contraire. Relève le défi. Si tu es en danger, Albert ne te laissera pas tomber.

Et voilà comment je me retrouve, ce soir, entre les mains d'une frisée volubile qui me fourre son pinceau dans l'œil en s'extasiant :

– Non mais c'est dingue, le destin ! Si on m'avait dit qu'un jour j'aurais la chance de vous maquiller… Je peux vous demander un truc ? Je suis invitée à dîner samedi par un garçon qui s'appelle Cédric…

Pour couper court, je lui suggère de prendre un rendez-vous auprès de ma secrétaire.

– C'est fait ! Mais c'est dans trois mois…

– Je suis désolée, il n'y a rien de libre avant.

– Non mais simplement, je voulais savoir si je dois dire oui ou non, pour samedi soir.

– Dites oui, fais-je en n'écoutant que le simple bon sens. Il n'attendra pas trois mois.

Elle me remercie, éperdue de reconnaissance, puis me termine l'œil gauche avec un retour d'angoisse.

– Mais c'est quand même pas l'homme de ma vie, si ?

– Laissez-lui une chance.

Je sors de la loge au moment où déboule Roland Buech. Encore pire qu'à l'écran. Psychorigide cambré dans un col roulé jaune, talonnettes et menton mussolinien corrigeant un gabarit d'oisillon. Il détourne ostensiblement la tête en me croisant, et je fais de même.

Par le jeu des miroirs, je le regarde s'asseoir dans le fauteuil que j'occupais.

– C'est vraiment la top des voyantes ! lui glisse ma maquilleuse en lui passant la houppette sur le visage.

– Il paraît, oui, répond d'un ton acide le psychanalyste audiovisuel. Sauf que la voyance, ça n'existe pas.

Un assistant me conduit en coulisses, parmi les câbles et les écrans de contrôle. Un autre m'équipe d'un micro HF, un troisième m'assied sur un cube pour attendre le début de l'émission. Des voix stressées lancent des appels et des ordres depuis la régie. On déplace des caméras, des projecteurs. Un chauffeur de salle vient régler le public, lui faisant répéter ses applaudissements, ses rires et ses sifflets. Les chroniqueurs, mon livre sous le bras, passent devant moi sans me saluer, vont s'installer dans le décor en commentant l'audience de la veille.

– L'antenne dans trois minutes.

J'essaie de m'abstraire de l'agitation ambiante. Je me concentre, toujours à vide, en attendant qu'Albert vienne à ma rescousse. Le jingle de l'émission retentit dans les enceintes. Tonnerre d'applaudissements. L'animatrice dit bonsoir, décoche quelques vannes ponctuées d'ovations, présente ses comparses et enchaîne :

– Elle connaît notre avenir – en tout cas elle y contribue, vu la liste de chefs d'État, ministres et PDG qui la consultent. Elle vient de sortir un bouquin pour expliquer, en gros, comment on peut influencer notre destinée par un coaching de l'au-delà. Et nous, le futur immédiat qu'on peut lui prédire, c'est que ça risque de chauffer pour elle dans le quart d'heure qui suit. Merci d'applaudir Chloé Delmart !

L'air serein, j'entre en suivant le chemin balisé qu'on m'a indiqué, et je m'assieds sur une croix en scotch noir au centre du box des accusés. Au premier rang des gradins, mon éditeur me fait signe que mon maquillage est top. L'animatrice sort une fiche de mon livre.

– Chloé Delmart, bonsoir. Alors, dites-nous, combien de spectateurs nous regardent en ce moment ? C'est le genre d'info qu'une médium peut capter, ou pas ? Roland Buech.

Le psy trônant dans son fauteuil bulle répond pour moi :

– Oui, elle prétend être ce que les Anglo-Saxons appellent une « channel ». Un canal par lequel s'exprimerait quelqu'un du monde des esprits. C'est ça ?

Il se tourne vers moi, goguenard. J'acquiesce en essayant de paraître détendue, comme si leur incrédulité était leur problème, pas le mien.

– Et il s'appelle comment, cet informateur ? se renseigne l'animatrice en faisant mine de chercher dans mon livre.

– Je n'ai pas le droit de dévoiler son identité.

– Secret professionnel, bien sûr, appuie Roland Buech d'un ton narquois.

– Par contre, intervient la chroniqueuse météo, ça vous gêne pas trop de balancer dans vot' bouquin le nom des people qui décident jamais rien sans vous appeler.

Je toise la bimbo de synthèse, lui précise que je ne cite que les personnes qui m'y ont autorisée.

– À trois cents euros la consultation, se rengorge le psy, j'espère que vous leur faites une ristourne.

– Je ne fais payer que les gens qui ont les moyens.

– Et pour les autres, y a plus de place, ricane-t-il en se tournant vers les gradins.

Un tiers du public s'esclaffe et me siffle. Je continue à sourire d'un coin de lèvre avec sang-froid.

– Qu'est-ce qui prouve que vous êtes une vraie voyante ? reprend-il. Le fait que des centaines de gogos se laissent enfumer par des visions bidon ?

– Et qu'est-ce qui prouve que vous êtes un bon psy ? Le nombre de dépressifs accros à votre divan, que vous maintenez sous dépendance tant qu'ils ont de quoi vous payer ?

Réactions partagées dans le public : Roland Buech a ses fans, moi aussi. Très inquiet à l'idée que je paraisse antipathique, mon éditeur me fait signe d'éviter l'agressivité. Mais c'est mon seul recours, si Albert persiste à garder le silence.

– Vous répondez quoi, Roland Buech ? lance avec gourmandise l'animatrice qui se régale quand ça castagne.

– On va faire un test en direct, sourit l'autre comme si je n'avais rien dit. Mademoiselle Delmart, vous qui devinez tout, quel est le prénom de ma nièce ?

– Je refuse de jouer les phénomènes de foire. La médiumnité est une chose sérieuse, monsieur, une relation intime entre des personnes consentantes qui…

– OK, on va respecter mon intimité. J'ai ici une photo qui n'a rien à voir avec moi. Elle représente quoi ?

Je fixe l'enveloppe de papier kraft qu'il brandit dans ma direction. Et l'étau se resserre dans ma tête.

– On vous écoute.

Englouti dans le canapé défoncé, je zappe depuis vingt minutes, et ça a l'air de marcher. Apparemment, le son de la télé neutralise la voix qui me parasite. Mais ce n'est peut-être pas la seule raison.

En arrivant dans mon jardin, tout à l'heure, j'ai posé une question à mon squatteur, pour la première fois. À la lueur du lampadaire de la rue, j'ai ramassé une poignée d'abeilles mortes et je lui ai demandé pourquoi elles s'entre-tuent. J'ai entendu sous la voûte de mon crâne : « Tu verras. » J'ai crié :

– Comment ça, « je verrai » ? Je verrai quoi, je verrai quand ? Je veux une réponse, là, tout de suite !

– Ta gueule ! a beuglé un voisin à sa fenêtre.

Depuis, mon passager clandestin me fout la paix. Je l'ai peut-être vexé. Ou alors c'est la tumeur qui se résorbe dans ma tête. Je n'ai rien mangé depuis ce matin ; il est possible qu'elle s'assèche par manque de sucre, vu que le cerveau en consomme énormément. De toute manière, demain, j'irai passer un scanner.

Sur l'écran les guerres succèdent aux scènes de cul, les séries policières aux magazines déco. Le plafond goutte sur mon genou. Je me déplace en continuant de zapper. J'ai tellement aimé cette maison... Elle tombe en ruine depuis que mon père m'a laissé seul avec ses abeilles, je n'ai plus les moyens de payer le loyer et la saisie est imminente. J'aurais dû partir depuis longtemps, je le sais bien, donner les ruches, refaire ma vie... Mais pour qui ? pour quoi ?

– Alors, ricane un guignol de talk-show en agitant une enveloppe, elle représente quoi, cette photo ?

La fille à qui il s'adresse me dit vaguement quelque chose. Mon pouce a continué de zapper sur sa lancée. Un serpent s'enroule autour d'une branche de forêt vierge, un homme politique se fait menotter en pleine rue, une chanteuse se caresse avec son micro, deux soldats se massacrent dans une mosquée...

Je retourne brusquement cinq chaînes en arrière. Je viens de reconnaître après coup l'invitée du talk-show. C'est l'hystéro qui se faisait larguer par téléphone à la table 15, ce matin, juste avant que la voix off commence à se manifester.

– Je refuse d'entrer dans votre jeu ! réplique-t-elle en croisant les bras.

– Vous êtes sûre ? se rengorge l'avorton à col roulé

qui lui fait face. Mon association Ouvrez les yeux offre un million d'euros à quiconque apportera la preuve d'un phénomène paranormal.

– Vous savez très bien que ça ne peut pas marcher dans ces conditions !

– *La Joconde* ! lance la voix dans ma tête.

Je laisse aller ma nuque contre le coussin. Ça y est, c'est reparti.

– En fait, enchaîne le gringalet en prenant le public à témoin, elle est bidon, complètement bidon, elle escroque les naïfs, mais quand on la met au pied du mur, il n'y a plus personne !

– *La Joconde*.

Je sursaute en même temps que lui. Il la fixe, bouche ouverte.

– Dans votre enveloppe, précise-t-elle sur un ton d'agacement, il y a *La Joconde* de Léonard de Vinci.

Je laisse tomber la zappette.

– Roland, c'est vrai ? s'alarme l'animatrice.

Elle lui prend l'enveloppe des mains, l'ouvre dans un silence tendu. Et, avec une lenteur de suspense, elle montre à la caméra une carte postale représentant effectivement *La Joconde*. Applaudissements du public.

– Y a un trucage, c'est évident ! bredouille le nommé Roland.

– C'est pas un trucage, c'est de la négligence ! riposte

l'invitée. Votre enveloppe est trop fine : avec les projecteurs, on voit l'image à travers.

– Ah ! triomphe l'autre en se retournant vers le public. Vous constatez qu'elle avoue la supercherie ! La plus chère des voyantes vient de nous déclarer en direct que la voyance n'existe pas !

– Et le plus médiatique des psys vient de vous montrer que, si j'étais bidon, j'aurais pu grâce à lui vous prouver le contraire.

Elle pivote vers l'animatrice, enchaîne en se levant :

– J'adore la contestation, mais j'aime pas l'amateurisme. Bonsoir.

Et elle quitte le plateau dans un mélange d'ovations et de sifflets. L'animatrice, décontenancée, reprend aussitôt le contrôle en gros plan :

– Eh bien, pour ceux qui aimeraient prolonger la rencontre, Chloé Delmart sera demain en dédicace à 13 heures dans une grande librairie bruxelloise, tous les détails sur note site. Roland Buech, une conclusion ?

– *No comment*, sourit l'interpellé avec un air de vainqueur par abandon. L'esprit critique triomphe toujours de l'imposture.

J'éteins la télé, me précipite sur mon vieux PC, tape dans la case de recherche : «Chloé Delmart dédicace». Et j'entends la réponse deux secondes avant qu'elle s'affiche :

13 heures, librairie Tropismes, galerie des Princes.

Je suis nulle d'avoir accepté cette mascarade. Tout ça pour vendre sur mon nom et mon physique un fourre-tout de lieux communs racontant la médiumnité à travers les âges, de la Pythie de Delphes jusqu'à moi en passant par Nostradamus et Victor Hugo. L'éditeur n'a même pas indiqué sur la couverture que les droits d'auteur financeraient la recherche sur la mucoviscidose. Ce qui ne sera d'ailleurs pas le cas tout de suite : avec les dix mille exemplaires du premier tirage, il se contentera de rétribuer le nègre qui a écrit ce que je signe. Moyennant quoi, si je veux décrocher une réimpression pour pouvoir reverser à l'association mon pourcentage sur les ventes, je dois suivre son plan promo en m'exhibant dans tous les talk-shows «prescripteurs», comme il dit. Force est de constater qu'il connaît son métier : la librairie ne désemplit pas.

– Pour Maryse ! clame une dame exaltée en me tendant *Mes visions du monde*. Qu'est-ce que vous lui avez

mis, à cette raclure de Roland Buech ! Bravo, continuez !
La Lumière doit écrabouiller les forces de l'Ombre !

– Merci, dis-je d'une voix neutre en lui rendant son
livre dédicacé.

Elle le glisse dans son cabas et me tend un prospec-
tus.

– Je vous ai apporté la documentation sur notre
Église de la Conscience universelle. Avec le bulletin
d'adhésion. Nous comptons sur vous !

Et elle se retire. Je jette le dépliant de sa secte, je
prends l'exemplaire suivant, je l'ouvre à la page du titre.

– C'est pour ?

Pas de réponse. Je relève les yeux. Un crispé en blouson matelassé, regard fébrile et sourire en attente, me
dévisage avec une intensité vibrante. Je sens mes orteils
se rétracter. Il ne va pas se contenter d'une dédicace,
celui-là. C'est le genre à me faire signer une pétition
pour le Tibet, m'inviter au salon du livre de Charleroi
ou me confier un manuscrit de six cents pages.

– Bonjour, madame. Il faut que je vous parle d'une
chose qui…

– Votre prénom ?

– Zac.

Je griffonne la dédicace tout en vérifiant l'ortho-
graphe :

– Comme Zone d'activité commerciale ?

– Non, comme Zacharie.

J'écris la date sous «amical souvenir», en feignant de m'intéresser :

– Le prophète?

– Non, le rugbyman. Zacharie Stern, qui a sauvé ma grand-mère pendant la guerre…

– Bonne journée, dis-je en lui tendant son livre avec un sourire sans appel.

Trente secondes par tête, pas plus. Si je ralentis la cadence, je suis encore là dans quatre heures.

– C'est le héros de la famille, précise-t-il. Moi je ne suis rien et je ne crois en rien, mais hier midi j'ai pris…

– Merci, au revoir.

Il termine sa phrase en haussant le ton, les yeux dans mes yeux :

– … votre commande à la gare. Et je n'ai pas pris *que* votre commande.

Je me fige en le dévisageant. Aucun souvenir. Je demande :

– C'est-à-dire?

– Suivant! s'impatientent les lectrices dans la file.

Il pose les mains à plat sur ma table entre les piles de livres, se penche vers moi, chuchote gravement :

– J'ai passé un scanner, ce matin, et tout va bien. C'est depuis que je vous ai parlé que j'entends.

Craignant l'illuminé mystique, je m'empresse de me retrancher derrière les aléas de la surdité.

– Je n'y suis pour rien, monsieur : je ne fais pas de miracles. Bonne continuation.

– Quand vous étiez petite, insiste-t-il avec un soupir d'agacement, vous aviez un maître-nageur qui s'appelait Georges.

– Oui, c'est dans mon livre, et alors ? dis-je en ouvrant l'exemplaire suivant pour lui signifier qu'il a épuisé son temps de parole.

Sa main se tend brusquement entre la page et mon stylo.

– Damienne. On me dit de vous dire qu'un Damienne a failli faire l'amour hier matin avec…

Abasourdie, je le vois froncer les sourcils en se demandant :

– Avec qui ? Harissa, enchaîne-t-il en m'interrogeant du regard. C'est ça ? Je garantis pas, avec l'accent.

Le sang quitte mon visage. Je le contemple, incapable de parler.

– Pour Lucette Bierens, me lance la dame dans son dos en l'écartant d'une main ferme. Votre plus fidèle admiratrice.

Je me lève brusquement, ramasse mon sac et fais signe à la libraire qui s'efforce de canaliser la foule. Je lui explique en deux mots que je suis obligée de partir ; j'ai une urgence. Qu'elle prenne les noms et fasse porter les livres chez mon éditeur, je les signerai demain.

Sans me soucier du tollé général, j'entraîne aussitôt

J'AI PERDU ALBERT

le type vers le bureau où j'ai laissé mon imper. Ça a l'air
d'un nase complet, mais visiblement il s'est déjà habitué
à la situation. Je n'en reviens pas qu'Albert m'ait quittée pour sauter dans le premier inconnu de passage. Un
serveur. En tout cas, le message est clair : il le trouve
plus digne que moi de servir sa pensée. Je demande :
    – C'est lui qui vous a dit de venir ici ?
    – Qui, «lui»? La voix ? Non, je vous ai vue à la télé
et j'ai fait le rapprochement – donc, j'avais raison, c'est
bien de vous que ça vient ! Ouf ! C'est déjà ça.
    Il semble avoir surmonté le choc, et ça m'inquiète. S'il
est bombardé d'informations depuis hier midi, il devrait
être encore en pleine phase de rejet. Apparemment, il
s'est fait une raison. Cela dit, c'est comme ça que j'ai
réagi, moi aussi, quand j'ai entendu parler dans ma tête
la première fois. Je m'empresse de l'amadouer :
    – C'est formidable que vous soyez venu. Je désespé-
rais, je n'avais aucun moyen de retrouver le… Ça va ?
    – Moi ? Oui, enfin non… Vous avez compris ce qui
m'arrive ?
    – C'est rien, ça va aller.
    – Ça ne va pas du tout, réplique-t-il avec raideur,
c'est un enfer, je sais pas comment vous supportez ça.
Attention à…
    Il donne un coup de menton.
    – À ?
    Je le scrute en essayant d'interpréter sa mimique, de

deviner le message qu'il reçoit, et je percute une vendeuse portant une pile de mes livres. Je les enjambe en le conjurant de ne surtout pas provoquer les informations.

– Mais je provoque rien ! Ça vient, ça sort, ça me demande pas mon avis ! C'est invivable !

– Vous en avez parlé à quelqu'un ?

– J'en parle à tout le monde, je peux pas me retenir : en moins de vingt-quatre heures, ça m'a foutu ma vie en l'air ! Enlevez-moi ce truc !

– Je m'en occupe, on va chez moi. Calmez-vous.

Au portique de sortie, il déclenche la sonnerie. Je lui ôte des mains le livre qu'il n'a pas payé, le tends au grand costaud de faction.

– Votre femme aura des jumeaux, lui glisse l'autre.

Stupeur du vigile. Je tire l'apprenti médium par le bras, l'entraîne sous les verrières de la galerie des Princes. Au milieu des touristes qu'on bouscule, il me prend à témoin :

– Et c'est comme ça tout le temps ! Je savais pas que c'était contagieux, la voyance.

Soucieuse de doser les révélations, je murmure sur la pointe de la voix :

– C'est pas vraiment ça…

– Mais j'ai aucune vision perso, j'ai aucune réponse sur mon avenir, sur ce qui m'intéresse… C'est normal ?

J'acquiesce en obliquant vers l'entrée du parking. Il me talonne, pressant.

– Qu'est-ce qui va m'arriver, alors ? Je vais retrouver un boulot ?

– Je ne sais pas.

– Ben concentrez-vous, et vous verrez !

– Je ne vois plus rien, depuis hier midi ! Vous m'avez pris mes visions !

Il s'arrête, la main sur la porte que je viens de pousser.

– Ah merde..., lâche-t-il d'une petite voix. Moi je croyais que c'était juste... comme un rhume qu'on se refile, quoi.

– C'est pas un rhume qu'on se refile, non, dis-je en fonçant vers l'ascenseur. C'est une entité qui m'a quittée pour aller chez vous.

– Une quoi ?

– Un esprit.

Il accélère pour me rattraper, atterré.

– Un esprit. Vous voulez dire un mort ? Dans ma tête ?

Je précise qu'il n'est pas dangereux.

– Eh ben, reprenez-le !

– Je demande pas mieux, dis-je en fouillant mon sac. Où j'ai mis le ticket, encore ?

– Votre voiture, fait-il brusquement, c'est une BMW cabriolet grise ?

– Non.

Il s'illumine, dans un sursaut.

– Je me suis trompé ? Génial ! Si le truc se dérègle, c'est que le mort va se barrer…

– Bleue. J'ai une BM cabriolet bleue. Mais je viens d'en commander une grise.

– Et merde, fait-il en appuyant sur le bouton de l'ascenseur. Cinquième sous-sol ?

– Si vous le dites… Essayez de vous déconnecter, Zep.

– Zac.

– Pardon. Essayez de ne plus… solliciter l'esprit.

Il en conclut dans un élan d'espoir :

– Pourquoi, ça l'use ?

– Ça l'enracine.

D'un geste énervé, il rappuie sur le bouton qui reste éteint.

– Et c'est qui cet esprit, d'abord ?

Je réponds en m'efforçant d'être aussi lénifiante que vague :

– C'est une pensée assez puissante… Un être de lumière, je vous rassure.

– Je suis pas inquiet, réplique-t-il avec une sorte d'agressivité butée qui dément le propos. Je crois pas au diable, je crois pas à l'au-delà, je crois pas aux fantômes !

– Vous avez raison.

– Tu parles ! crache-t-il, lucide.

– Si. Plus vous résistez, moins vous offrez de prise.

Il malmène la poignée de porte, violent.

– Mais il arrive cet ascenseur, oui ?

– Calmez-vous, sinon y a cinq étages à pied.

– C'est quand même pas ma faute si l'ascenseur est en panne !

– Si, peut-être. Y a trop de conflits d'énergies en vous ; ça déborde et ça perturbe les circuits électroniques…

Il lâche la porte et part avec brusquerie dans l'escalier. Je le suis aussi vite que je peux sur mes talons.

Mais qu'est-ce qui s'est passé, alors ? Vous vous êtes disputée avec votre esprit ?

– Non… oui… Enfin, c'est plus complexe…

– Eh ben, demandez-lui pardon, et il reviendra.

– Il ne fonctionne pas vraiment comme ça… C'est un esprit d'un niveau très supérieur.

Il marmonne qu'il est flatté, s'arrête soudain sur le palier du deuxième sous-sol.

– Albert. Il me dit : « C'est moi, c'est Albert. » Comme si on se connaissait.

Je le double en soupirant :

– Vous le connaissez.

Il secoue la tête, catégorique.

– Je connais pas d'Albert. J'ai jamais connu d'Albert.

– De nom, en tout cas.

Et, le plus délicatement possible, je l'informe qu'il est en communication psychique avec Albert Einstein. Sa réaction me désarçonne. Ni surprise, ni fierté, ni incrédulité. Juste une série de frissons, de plus en plus forts.

– Venez, Zac, ne restons pas là.

Un groupe de jeunes à canettes et fanions de supporters déboule dans notre dos. Il s'écrase vivement contre le mur. Puis il descend le dernier étage sur la pointe des pieds, avec une lenteur et une concentration intenses, décomposant ses mouvements comme s'il était porteur d'une charge nucléaire.

J'essaie de repérer ma voiture, me retourne vers lui.

– Vous pouvez marcher normalement, il ne va pas se décrocher.

À voix basse, il détache les syllabes en écarquillant les lèvres, comme pour me convaincre de ce que je viens de lui apprendre :

– J'ai… chopé… le fantôme… d'Albert Einstein !

– Non, faut relativiser. C'est l'émanation de sa conscience, c'est tout, sa forme-pensée. Il ne produit jamais d'apparitions spirites, il est très correct. Et puis si vous n'y croyez pas, vous ne risquez rien.

Indifférent à mes efforts pour banaliser la situation, il gueule au milieu du parking, véhément :

– Vous êtes marrante, vous ! Il n'arrête pas de me parler, je suis bien obligé d'y croire, sinon ça veut dire que je suis fou !

Je pince les lèvres, anxieuse.

– Ne soyez pas trop logique… non plus.

Il se fige, sur la défensive.

– Pourquoi ?

– Parce que ça lui plaît.

Sonné, il s'assied sur un capot.

– Enfin, qu'est-ce qu'il vient foutre chez moi ? J'suis nul en maths ! Qu'il aille hanter un scientifique !

Prudemment, j'explique qu'il ne les aime plus beaucoup. C'est assez compréhensible, avec ce que lui ont fait ses collègues dans la dernière partie de sa vie : censure, jalousie, trahison, dénigrement, suspicion d'espionnage au profit des Soviétiques…

– Mais pourquoi il m'a choisi, merde ? ressasse-t-il en me rejoignant dans l'allée que j'explore.

Je déclenche mon plip : rien. Ma voiture n'est pas dans cette zone. Je reviens sur mes pas.

– Il ne vous a peut-être pas « choisi ». Il en a eu marre de moi, il ne savait pas où aller, vous étiez là…

– Et vous, qu'est-ce qu'il foutait chez vous ? Comment vous l'avez chopé ?

En restant le plus vague possible, je réponds que c'est un proche de la famille et que nous cohabitons d'un commun accord depuis mon enfance.

– Mais je l'emmerde, moi, Einstein ! C'est à cause de lui, la bombe atomique !

Je le fais taire vivement, redoutant les foudres

auxquelles cette formulation l'expose. Les yeux dans les yeux, je lui notifie d'une voix nette :

— Vous confondez avec Oppenheimer, OK ? Albert a fait les calculs, mais il n'a pas fait la bombe.

Puis je fonce dans une autre allée. Il me rattrape, agité.

— Et qu'est-ce qui prouve que c'est le vrai, d'abord ?

— Le vrai ?

— Le vrai Einstein. Y a peut-être des mythos, aussi, chez les morts !

Je réplique qu'il m'a dicté en terminale une théorie sur la composition du cosmos : un quart de matière et trois quarts d'énergie noire, agissant comme une force répulsive sur l'expansion de l'univers. J'ai montré les équations à des spécialistes, c'était bien une suite possible de ses travaux, la confirmation de son principe de « constante cosmologique », auquel la pression de la communauté scientifique l'avait obligé à renoncer avant sa mort.

— F 513, m'interrompt-il.

— Pardon ?

— J'sais pas. Il répète : « F 513. » C'est quoi, une formule, une étoile ?

Je reviens sur mes pas, m'engage dans l'allée F, actionne le plip. Les phares de la BM clignotent. Il me rejoint, lentement. En découvrant le numéro 513 peint sur le sol à l'aplomb de ma calandre, il avale ses lèvres avec une expression de détresse absolue.

– Enlevez-moi cette voix, murmure-t-il.

Je lui ouvre la portière passager en lui certifiant que c'est une question de minutes. La lueur dubitative que je vois dans son regard achève de lézarder mes illusions.

*

À la sortie du parking, il m'informe que l'odeur du cuir lui donne des allergies et qu'il est claustro. Soucieuse de ne pas le contrarier, je décapote malgré la bruine. Après trois cents mètres d'éternuements, il ajoute que Damienne vient de se faire larguer par Harissa.

– Je vous ai dit de vous débrancher !

– Je *suis* débranché ! s'énerve-t-il en rouvrant les yeux. Mais j'y peux rien : ça pulse.

– Je connais, dis-je dans un soupir.

– Je comprends pas que vous ayez envie de récupérer ce mec, jette-t-il dans un élan d'aigreur.

Pivotant vers moi d'un coup de fesses, il me scrute, soudain soupçonneux.

– Vous avez *vraiment* envie de le récupérer ?

Avec une sincérité résignée, je réponds que je ne peux rien faire sans lui.

– Il dit que si.

– N'écoutez pas ce qu'il dit !

Il se tait jusqu'à la place Brugmann, tendu. Les ongles enfoncés dans les cuisses, il fixe d'un regard réprobateur les belles façades bourgeoises d'Ixelles, le quartier préféré des Français en exil fiscal. Résignée, je me prépare à essuyer ses commentaires. Les reproches injustes sur mon train de vie étaient jusqu'à présent mon seul vrai point de friction avec Albert.

Sous le signal infrarouge du tableau de bord, la porte cochère s'ouvre à deux battants. Je me gare sur mon emplacement réservé, entre le 4×4 Porsche du rez-de-chaussée et la Bentley de mon voisin du dessus. Les lèvres pincées, Zac détaille la cour pavée de l'hôtel particulier. Son regard critique, depuis qu'il a découvert le bolide tape-à-l'œil dans lequel je roule, devient franchement crispant.

– Merci Albert, souligne-t-il avec raideur. Vous prenez vraiment trois cents euros par client ?

– Je suis obligée de pratiquer des tarifs dissuasifs, sinon ça serait non-stop.

– Il n'est pas d'accord.

– Écoutez, ça fait vingt-cinq ans qu'il me squatte sans me demander mon avis, alors s'il a quelque chose à me dire…

– Il vous le dit. Je commence à comprendre pourquoi il se réfugie dans un type comme moi.

– Je suis totalement désintéressée, OK ?

– Non. C'est pour la thune et le pouvoir qu'il vous manque, c'est tout.

Je referme la bouche, suffoquée. Il n'y a pas d'agressivité dans sa voix, juste un accent de tristesse lucide. Il est impossible qu'Albert croie une chose pareille. Mais apparemment, il incite son nouvel hôte à développer de l'hostilité à mon égard, pour lui ôter toute envie de me le rendre. Comme il s'y est employé jadis avec moi, ce fin stratège sait attendrir, toucher les cordes sensibles, se faire adopter en s'adaptant à la demande, aux manques, aux frustrations. Je l'avais recueilli au sortir de l'enfance comme un lutin sans-abri, un génie expulsé de sa lampe ; Zac, à sa manière, poussé dans ses retranchements par le besoin de s'identifier, est sur le point d'accorder l'asile politique à un défunt qui a fini dans la dèche et l'isolement. Il est urgent, pour moi comme pour lui, de torpiller cette stratégie, et je n'ai pas trente-six moyens.

Quatre mètres de hauteur sous plafond, des doubles portes à vitraux, des moulures prune sur des murs bleus couverts de grands tableaux abstraits dédicacés par les artistes. Ça paie, le désintéressement.

– Non, monsieur, désolée, rien avant fin mars et je n'ai pas encore son planning d'avril, rappelez dans un mois, merci.

La petite brune à oreillette assise devant l'ordinateur du hall raccroche en se tournant vers sa patronne.

– C'est confirmé pour demain au Qatar, la princesse Al-Saya est ravie. Je viens avec toi, ça me fera un week-end. Ça y est, Albert a fini de faire la grève ?

– Demande-lui, répond Chloé en me désignant du pouce.

Le sourire pimpant de la secrétaire baisse d'un cran. Je suppose que je n'ai pas le profil d'un client – encore moins celui d'un amant. Je lui dis bonjour, elle me répond d'un signe de tête. Son téléphone bourdonne.

Elle met l'appel en attente tout en montrant les portes fermées en face d'elle :

– Tu as le 14 h 30 dans la salle d'attente et Mme Le Couidec-Mertens dans la bibliothèque.

– Elle est déjà sortie de la clinique ? sursaute Chloé.

– Oui, y a eu un problème. Son mari vient de la déposer, elle veut te voir dès que possible. Et le commissaire Roger envoie ça en urgence.

Tandis qu'elle lui donne une grande enveloppe marquée «Police», une voix de femme tonitrue derrière une des portes :

– Nelly, vous avez des nouvelles de Chloé ?

– Elle est bloquée dans un bouchon, madame Le Couidec-Mertens, improvise la réceptionniste en réponse au geste horizontal de Chloé.

Puis elle prend son appel en attente, ferme les yeux avec un soupir, cache son micro d'oreillette en annonçant tout bas :

– L'entraîneur du PSG, pour son estomac.

– Encore ! Mais il ne peut pas aller voir un médecin ?

– Il dit qu'il a pas confiance, répond Nelly.

Un élan incoercible me pousse à lui retirer son oreillette pour y lancer :

– Ça va, l'estomac, c'est psychosomatique, y a rien de grave. C'est le cœur qui va vous lâcher cet hiver.

Chloé me reprend d'un coup l'accessoire, désamorce l'info en racontant à son client que je suis un supporter de l'OM. Les yeux dans les miens, elle lui conseille tout de même d'aller faire un check-up. Puis elle rend son oreillette à Nelly qui la fixe d'un air consterné.

– Me dis pas qu'Albert s'est… délocalisé…

Elle accompagne ses points de suspension d'un mouvement du doigt qui part de sa tempe pour indiquer ma direction.

– C'est juste une fugue, la rassure Chloé. Ça va, je gère.

Et elle m'escamote prestement dans son bureau. Sur la défensive, je détaille la grande pièce moderne et froide où la tête d'Einstein me tire la langue au-dessus de la cheminée. Je m'approche du vieux voilier miniature qui trône sous la photo, le prends doucement, l'oriente vers la lumière. Une onde de chaleur parcourt ma nuque. Chloé me l'arrache des mains, le remet à sa place en gueulant à mi-voix :

– Vous êtes complètement malade de parler comme ça à un consultant !

Je réponds que je n'y suis pour rien : ça vient et puis ça sort.

– Eh ben on canalise ! On filtre !

Sur le même ton agressif, je réplique que je ne veux pas de mode d'emploi ; je veux qu'elle enlève ce mec de ma tête ! Même à trois cents euros pièce, je n'ai aucune envie de passer ma vie à dévoiler leur avenir à des

inconnus dont je n'ai rien à foutre ! J'exige de reprendre
le contrôle de mes pensées, point barre.

– OK. Juste une minute. Qu'est-ce qu'il vous dit, là,
sur cet enfant ? Raoul.

Elle me brandit sous le nez l'avis de recherche trans-
mis par la police. J'entends aussitôt que ce n'est pas un
kidnapping. En prenant de quoi noter, elle me demande
d'un ton angoissé où se trouve le gamin.

– Y a pas d'urgence, il va bien. Mais il faut que ses
parents s'inquiètent, qu'ils arrêtent d'aimer uniquement
ses deux salopes de sœurs qui le torturent dès qu'ils ont
le dos tourné…

J'ai parlé d'une traite. Paniqué, je plaque la main sur
mon crâne, comme si l'ébullition allait faire sauter le
couvercle.

– Qu'est-ce qu'il me fait, là ? J'ai même pas le temps
d'écouter ce qu'il dit, je suis déjà en train de le dire !

– C'est normal, répond-elle en me dirigeant vers une
méridienne avec un air rassurant. Il est comme ça. C'est
une bonne énergie, pleine d'humanité, qui s'emballe
dès qu'il est question d'injustice…

– Mais c'est pas mon problème ! Y a personne qui
m'aide, moi, j'ai pas les moyens de…

– Détendez-vous.

Elle m'allonge sur la méridienne, cale ma tête au
milieu d'un coussin, rehausse mes pieds, va fermer les
rideaux, allume une bougie.

– Vous allez essayer de vous oublier, d'accord ? De faire le vide en vous, de ne penser à rien, pour que je puisse négocier directement avec Albert.

Calmé, résolu, j'acquiesce. Elle vient s'asseoir à côté de moi, ralentit sa respiration, me prend la main. Je tressaille à peine.

– Fermez les yeux.

Dès que j'ai baissé les paupières, une espèce de lame de fond envahit mes veines. Un flot d'images et de sensations, comme une transfusion de vie. La cabine d'un paquebot. Une femme de chambre des années 30 est en train de défaire le lit, dans les reflets du soleil couchant que les miroirs diffusent sur les panneaux d'acajou. Elle ressemble à Chloé. Entre les deux hublots, un passager en tweed joue du violon dans un nuage de tabac, entouré de calculs et de partitions. Einstein à l'aube de la vieillesse, chevelure et moustache blanches. Il interrompt la mélodie pour noter un début d'équation. *Gim* = ... Il hésite, repose sa pipe et son crayon, reprend son archet. La femme de chambre le dévore des yeux à la dérobée tout en lui préparant son lit pour la nuit. Il tourne la tête vers elle, l'observe avec la même discrétion, puis soudain un rhumatisme articulaire lui fait lâcher son instrument pour enserrer son poignet gauche. Le violon entraîne dans sa chute le voilier miniature qui sert de presse-papiers.

Le décor change, devient une cave où le voilier cassé gît dans une caisse à souvenirs. Puis le voilà démonté sur une table en osier, à l'ombre d'un grand pin parasol qui recouvre la terrasse d'une maison défraîchie. Sous un casque de walkman, une petite fille s'efforce de réparer le vieux jouet. Elle recolle le mât, retend les haubans. Elle se met à cligner des paupières.

Elle est dans une librairie, à présent, explore avec gourmandise un étal de bandes dessinées. Elle est soudain attirée vers un autre rayon, à l'autre bout du magasin ; elle y va en marchant comme un automate. Sa main pose un livre sur le comptoir. *La Théorie de la relativité restreinte.* La nuit, sous le drap, elle lit les pages de calculs à la lueur de sa lampe de poche. Puis elle plonge dans une piscine publique, nage un crawl parfait. Elle touche la margelle, sort la tête de l'eau. Le maître-nageur en survêtement arrête son chrono.

– 1,13, bravo.

– Il vous dit de faire attention à vos jambes, répond-elle d'une voix absente.

– Qui ça ?

– Albert. Y a un accident de voiture.

Au coin d'un feu de bois, le maître-nageur est maintenant assis dans un fauteuil roulant, en face d'une trentenaire blonde à col fermé qui lui sert une tasse de thé avec un air méfiant.

– Qu'est-ce que ça veut dire, « Ma fille est une médium » ?

– C'est fréquent chez les nageurs de haut niveau,

banalise son visiteur avec un sourire mal assuré. La détente complète de leur cerveau, pendant l'entraînement, favorise l'ouverture à un autre plan de conscience.

– Je ne comprends rien.

L'infirme déglutit et précise sur le ton d'une bonne nouvelle :

– Disons qu'un esprit a profité de la disponibilité de son mental pour... lui envoyer des messages.

– Un esprit ? Mais *quel* esprit ?

Sous les arbres en fleurs, dans la fumée d'un barbecue, la mère paraît beaucoup plus détendue, à présent. Très fière de sa fille. Elle étend les bras pour calmer l'impatience de ses convives. Tous ont le doigt levé, le regard rivé sur la gamine qui, absorbée, mange des chips en alignant des équations dans un cahier, comme si elle était seule au monde.

– Pas tous en même temps, les amis ! Allez, Pierre, à toi !

Un quadra du genre notaire se racle la gorge, puis s'adresse à la petite sur un ton de défi narquois :

– La dernière fois, tu m'as dit que tu me voyais m'installer en Floride pour ma retraite... Mais, à ce moment-là, qui sera président des États-Unis ?

Spontanée, sans relever les yeux de ses calculs, elle répond :

– Un Noir.

Éclat de rire général.

– Chloé, ne dis pas de bêtises, s'il te plaît ! gronde sa mère, vexée. Concentre-toi, et laisse parler pépé Albert ! À toi, Linda.

Le maître de maison, consterné, tourne les brochettes sur son barbecue en glissant un œil vers la jolie brune de trente ans qui, d'un air faussement détaché, demande si elle chantera un jour à l'Opéra de Nice. Chloé répond oui. Sourires sceptiques autour de la table. Sa mère riposte en lui ordonnant sèchement de dire où Linda passera ses vacances cet été.

– Au Maroc.

La chanteuse tourne un visage épaté vers son amie :

– C'est vrai ! Je viens de réserver.

Applaudissements polis.

– Avec papa, enchaîne la fillette.

Son père laisse tomber le soufflet du barbecue. Le silence se fait d'un coup. Chloé complète avec le même naturel atone, tandis que des larmes envahissent ses yeux :

– Il dit qu'il va sur son chantier à Strasbourg, mais il est avec elle dans l'hôtel au Maroc.

Sa mère lui balance une gifle.

Au crépuscule, elle pleure toute seule au-dessus d'une vieille baignoire de jardin où elle nourrit des poissons rouges, tandis que ses parents hurlent dans son dos.

– Quitte ma maison, tout de suite !

– Je sais, oui, c'est *ta* maison, *ta* meilleure amie, *ta* fille… ! Ça fait quinze ans que je supporte ton caractère de merde – avec Linda, au moins, j'suis aut'chose que ta chose !

– Casse-toi !

– Oui je me casse ! Et je divorce, et je te laisse foutre en l'air ta fille avec ces histoires de spiritisme à la con, j'en ai marre, tu comprends ? Marre !

La gamine se laisse glisser contre le flanc de la baignoire et noie ses larmes dans *La Théorie de la relativité restreinte*, les doigts crispés sur le livre où sourit Einstein devant un tableau d'équations.

Soleil aveuglant. Toute seule sur une mer démontée, des années plus tard, elle barre un petit dériveur de yacht-club. Le visage tendu, elle lâche la voile qui faseille, se précipite sur un carnet, note fébrilement une formule. Dans un amphi désert, une prof aux sourcils froncés lève les yeux d'un mémoire de physique.

– La conclusion est aberrante, mademoiselle Delmart, et c'est truffé d'erreurs de calcul.

– Mais c'est la suite logique des travaux d'Einstein ! proteste Chloé sur un ton d'évidence joyeuse. Le chaînon manquant, la fusion entre la gravitation et la mécanique quantique ! Dans la théorie des supercordes, ce qui manquait, c'est l'application aux perturbations de l'espace-temps ! Je l'ai trouvée, et ça marche !

– Et alors ? riposte sa prof qui la toise avec un dédain

glacé. En quoi les applications légitiment-elles une démonstration fausse ?

– Mais on s'en fout de la démonstration ! Ce qui compte, c'est le résultat.

– Décidément, mademoiselle, vous n'êtes pas faite pour la physique.

– Je sais, répond sèchement Chloé, c'est ce que lui ont dit tous ses profs. C'est comme ça qu'on finit par avoir le prix Nobel.

Elle reprend son mémoire et grimpe les gradins en marmonnant « Connasse ». Avec rage, elle crawle dans la mer en plein hiver. Son ancien entraîneur la contemple sur le ponton depuis son fauteuil roulant, vieilli, désolé, frissonnant sous la capuche de son anorak.

– Il me dit d'aller vivre à Bruxelles, attaque-t-elle en s'asseyant sur la glacière de leur pique-nique, enroulée dans une serviette éponge. Pourquoi ?

Avec diplomatie, l'infirme interrompt la mastication de son sandwich pour suggérer qu'Albert veut sans doute qu'elle suive ses traces. Et d'argumenter avec une compassion ferme :

– Quand il est venu en France, les universitaires l'ont très mal reçu… Aussi butés que ta prof. En fait, c'est à Bruxelles que tout a commencé pour lui. Au congrès Solvay, en 1911, tous les plus grands physiciens du monde ont découvert que ce petit employé minable était un génie absolu…

– Mais, Georges, il vient de me dire d'arrêter la physique !

Sans se laisser démonter, le coach retourne l'argument :

– Alors, c'est qu'il a d'autres projets pour toi. Bruxelles, c'est aussi le siège de l'OTAN, le Parlement européen... Il veut peut-être que tu sauves le monde, conclut-il en lui tendant le sandwich.

Elle hausse les épaules, mord dans le jambon-beurre.

– Et comment je gagne ma vie ? J'ouvre un cabinet de voyante ?

Lucide et complice, Georges lui fait remarquer que championne de crawl, c'est plus aléatoire.

– Mais je vais pas te laisser tout seul à Nice !

– Je suis exportable, la rassure-t-il en lui reprenant le sandwich.

L'image de la jeune étudiante enroulée dans la serviette éponge se trouble. Sa voix d'aujourd'hui retentit, lointaine :

– Albert... je te demande pardon.

Rien ne bouge sur le visage de Zac. Il est toujours en transe, les yeux fermés. Je serre sa main en répétant :

– … Je te demande pardon. J'ai voulu trop en faire, c'est vrai. Je me suis laissé manipuler, je suis sortie de ma route, mais… je vais tout changer, si tu reviens. Je te le promets, Albert. Réponds-moi.

Zac rouvre les yeux, cligne des paupières. Il avale sa salive, clappe de la langue plusieurs fois, regarde autour de lui. La voix pâteuse, il commente :

– Eh ben… je préfère encore ma vie à la vôtre.

Je me crispe aussitôt, lui demande ce qu'Albert lui a fait voir. Ignorant délibérément la question, il se dresse sur un coude et vérifie, les yeux dans mes yeux :

– Ça y est, vous l'avez repris ?

Je m'efforce de soutenir son regard. Il écoute son silence avec un air de taste-vin. Un sursaut brutal le fait jaillir de la méridienne en braillant :

– Mais je m'en fous de l'espace-temps ! Dégage,

on t'a dit, rentre chez toi ! Non ! s'obstine-t-il avec un revers de bras. Arrête de m'emmerder avec ces conneries !

Je m'interpose, inquiète :

– Ne lui parlez pas comme ça. Il est très susceptible.

– Eh ben justement !

Dans l'élan de sa révolte, il va se planter devant la photo encadrée sur le mur. La photo de 1951, où Albert tire la langue à la communauté scientifique le jour de son soixante-douzième anniversaire.

– Barre-toi, connard ! Vexe-toi et barre-toi ! Je t'ai toujours trouvé grotesque ! Et puis je te pardonne pas la bombe atomique ! C'est trop facile de dire «Je l'ai inventée pour pas qu'on s'en serve». Tocard, hypocrite, assassin !

Comme prévu, la riposte est proportionnelle à l'attaque : je le vois brusquement se prendre le crâne à deux mains, criant de douleur. C'est mieux, finalement. J'ai fait tout ce que j'ai pu, j'ai argumenté, plaidé ma cause, reconnu mes torts, mais ça n'a servi à rien. Quand on se fait plaquer, la meilleure réponse est de jouer l'indifférence. Autant laisser la situation pourrir et leurs rapports s'envenimer : Albert reviendra de lui-même, quand son nouveau terrain d'accueil sera devenu trop hostile pour que puisse y germer quoi que ce soit. Ma seule action possible, c'est de me faire regretter.

Je vais chercher un tube d'aspirine dans la cuisine.

Au retour, Nelly me demande tout bas, en montrant la direction du salon-bibliothèque, quand je pourrai recevoir Mme Le Couidec : elle a un problème urgent. Je lui réponds que je ne sais pas et je referme la porte du bureau dans mon dos.

– Je vous avais prévenu, dis-je en regardant Zac avaler trois cachets d'un coup. Il est très rancunier. Chaque fois qu'il sera en colère contre vous, vous aurez une migraine.

– Ne commencez pas à parler au futur ! glapit-il.

Et il s'écrase les tempes en gémissant, recroquevillé dans le canapé. Avec une douceur résignée, je lui conseille de se calmer : ça ne sert à rien de se rebeller.

– Toute l'énergie que vous dépensez contre lui, il la récupère.

– Mais qu'est-ce qu'il veut, enfin ?

– Être utile. Faire avancer la science et empêcher les guerres. Comme de son vivant. C'est votre mission, maintenant.

– Mais ça va pas ? piaille-t-il en se dressant. J'ai une formation d'apiculteur, moi, c'est tout, de père en fils, et mes ruches sont en train de crever, et je suis garçon de café pour éviter l'expulsion, et je viens de me faire virer à cause de lui ! Quoi, qu'est-ce qu'y a ?

Il me défie du regard, agressif, se méprenant sur mon sursaut. Un apiculteur. Albert n'a pas migré au hasard dans le premier venu : il l'a choisi en connaissance de cause. Ça change tout.

— Faut que je retrouve un boulot, moi, continue l'autre, j'ai pas le temps de me faire occuper gratuitement par Einstein !

— Vous n'avez pas le choix, il faut continuer ses travaux.

— J'en ai rien à foutre de continuer des travaux que je comprendrai jamais !

— Il ne s'agit pas de comprendre, il s'agit de transmettre.

Il se fige soudain, un sourcil en l'air.

— Transmettre ? OK. Je vais transmettre.

Je me précipite pour le rattraper.

— Zac… Zac, restez ici !

— À qui de droit, je vais transmettre !

Il fonce vers la porte et l'ouvre à la volée, renversant Mme Le Couidec-Mertens qui venait aux nouvelles. Il s'arrête net, la regarde par terre, emmêlée dans ses béquilles. Avec un soupir d'impatience, il se retourne vers moi.

— De toute manière, fallait rouvrir : le chirurgien a oublié une pince.

Et il quitte l'appartement en coup de vent. J'hésite à le suivre, aide Nelly à relever Le Couidec qui bredouille, pâteuse :

— Une pince ? C'est impossible ! Qui est-ce ?

Face à mon silence atterré, Nelly croit bon d'expliquer que je forme un stagiaire. La chef d'entreprise réplique que, pour un voyant, il pourrait regarder devant lui.

– Cela dit, reprend-elle tandis que je la soutiens jusqu'à mon bureau, vous aviez raison pour mon collier, Chloé : ils me l'ont volé, à la clinique.

On l'étend sur le canapé, je lui dis que je la laisse se reposer quelques minutes avant de me brancher sur son bijou, et je me précipite dans l'escalier. En déboulant sur le trottoir, je vois l'autre excité s'engouffrer dans l'église au coin de la place. « Transmettre à qui de droit ». Je m'attends au pire.

Je slalome entre les piétons et les vélos, traverse le parvis au pas de course, pousse la porte. Je reprends mon souffle en fouillant des yeux la pénombre. Une vieille allume un cierge, un scout refait le présentoir de la presse catholique, deux touristes photographient le Chemin de croix. Je remonte la nef, explore le transept, la sacristie. Je ne le vois nulle part.

Angoissée, je file vers l'escalier du clocher. Porte close. Je me dirige, à tout hasard, vers les trois personnes qui patientent devant le confessionnal, et je me fige en entendant :

– J'ai un problème, mon père.

Apparemment, il est passé devant les autres en prétextant une urgence. L'oreille aux aguets, je m'assieds sur un prie-Dieu derrière la cabine en chêne sculpté.

– Je vous écoute, mon fils.

Silence. Le prêtre insiste, le ton ouvert, encourageant, habitué à tout entendre :

– C'est un péché que vous avez commis ?

Le souffle court, Zac répond :

– C'est un type qui s'appelle Albert, et qui est entré en moi.

– Ah, commente le prêtre en s'efforçant de rester neutre. Et vous étiez... consentant ?

– Absolument pas.

– Vous voulez dire, s'enquiert-il gravement après quelques instants, qu'il s'agit d'un viol ?

– Mais j'ai rien senti. J'ai rien vu venir. Et il ne part plus.

– Il ne part plus ?

– C'est pas un viol, en fait, c'est un squat. Un cas de possession, comme on dit chez vous.

– On ne le dit plus vraiment, mon fils, réplique le confesseur d'une voix soudain crispée. Dieu merci, l'Église a évolué...

– Enfin bref : je veux un exorcisme.

– Un... exorcisme ? répète-t-il comme s'il ne comprenait pas le mot.

– Ben oui. C'est un rituel de vot' religion, non ? Enlevez-moi ce type, mon père.

– Je ne suis pas psychanalyste, mon fils, répond-il sur un ton cassant. Allez en paix !

Un craquement de bois ponctue son mouvement de repli vers le fond de sa cabine.

– OK, soupire Zac, résigné.

Il se relève, s'immobilise un instant, se repenche vers la grille du confessionnal.

– Vous avez une sœur qui s'appelle Annick. Elle est décédée l'an dernier, elle vous embrasse.

Indifférent à la sidération du prêtre, il repart en titubant sous la migraine, passe devant les pécheresses en attente qui le toisent d'un regard réprobateur. Il ne m'a pas vue. Je lui laisse un peu d'avance et lui emboîte le pas.

Sur le parvis, complètement paumé, il regarde à gauche, à droite, en l'air, puis traverse en direction du square pour se laisser tomber sur un banc. Quand je l'y rejoins, il tourne vers moi son regard de chien battu. J'allume une cigarette, lui en offre une. Avec une douceur d'ironie solidaire, je lui demande quel est son programme maintenant : une synagogue, une mosquée, un hôpital psychiatrique ?

– Je ne peux pas vivre avec ce type dans la tête ! martèle-t-il.

– Et moi, je ne peux pas vivre sans. J'ai des dizaines de personnes qui sont suspendues à mes lèvres, qui sont en dépendance totale, et certaines dans une détresse absolue… On ne peut pas les laisser tomber !

– Et vous voulez quoi ? me lance-t-il, cinglant. Que je sous-traite ?

– Ils n'ont confiance qu'en moi. Mais sans vous, je ne suis plus rien.

Il me dévisage, radouci, reconnaissant dans mes yeux le même abandon, la même solitude. Je lui tends mon briquet. Il ne bouge pas. Je fais jaillir la flamme qu'il se met à fixer, immobile.

– J'ai confiance en personne, moi, murmure-t-il en triturant la cigarette entre ses doigts. Mon père était médecin, il guérissait le cancer avec des piqûres d'abeille. Aujourd'hui, on a la preuve que leur venin détruit les cellules malades, mais, à l'époque... Ses confrères ont porté plainte. Aucun des patients qu'il avait sauvés n'est venu témoigner à son procès. Il en est mort.

La cigarette tombe de sa main, déchiquetée. Il ajoute, presque inaudible :

– Je finirai pas comme lui.

Une bande de mômes envahit le square. Je range mon briquet, lui prends le poignet.

– Voilà ce que je vous propose, Zac.

*

Réveillée en sursaut par l'ouverture de la porte, Mme Le Couidec-Mertens se redresse dans le canapé.

Elle découvre que je suis revenue, fronce les sourcils et s'informe, comme si elle poursuivait une conversation :

– Qui est-ce, alors ?

Je m'assieds derrière mon bureau, en position de concentration.

– Qui m'a volé mon collier ? insiste-t-elle. Allez, dites-le-moi !

– Personne, fait la voix dans mon oreille. C'est son mari qui l'a pris. Et il l'a déjà revendu.

Diplomate, je me contente de transmettre qu'il ne faut pas accuser le personnel de la clinique.

– Ah, tant mieux ! Ils étaient si gentils... Mais qui est le voleur, alors ?

Restant dans le flou pour la ménager, j'incrimine une personne extérieure au monde médical.

– ... et là, il est en train de vendre leur appart à un de ses amants pour payer ses dettes de jeu, poursuit Zac. Mais c'est une ordure, ce mec !

– On me dit de vous méfier d'un problème financier. Au sujet de votre appartement...

– Oui, oui, c'est réglé, élude la vieille dame. Mon mari me l'a mis au nom d'une société aux Bahamas, par rapport aux impôts. Tout va bien. Mais est-ce que je vais retrouver mon collier ? Je suis prête à le racheter n'importe quel prix... Je n'ai pas voulu dire à Sébastien que je l'avais perdu, il me l'avait offert pour notre anniversaire de mariage. Où il est, vous le voyez ?

Un silence. J'attends la réponse, en lissant la mèche qui dissimule mon oreillette Bluetooth. Je fais mine de répéter pour moi-même, pensive :

– Le collier… Où se trouve le collier ?

Un couinement bizarre me répond.

– Je reviens tout de suite.

Je file dans ma chambre, trouve Zac en larmes, assis sur mon lit. Le téléphone fixe où je lui ai composé mon numéro de portable gît sur le tapis.

– Qu'est-ce qui vous arrive ?

– Son mari la plaque dans trois ans, il l'a complètement ruinée, il a refilé aux Chinois la marque de pneus qu'elle a héritée de son père… C'est dégueulasse !

Bouleversé, prenant sur lui le drame auquel Albert vient de le faire assister, il enchaîne entre deux hoquets :

– Elle a tout perdu, elle est à la rue… Elle dort dans un carton !

Je m'assieds près de lui sur la couette, pose une main apaisante au creux de son coude.

– Attendez, Zac… Tout est relatif. Ce n'est pas forcément l'avenir que vous voyez… Il y a des images qui sont symboliques…

Il bondit sur ses pieds, indigné.

– Symboliques ? Il la trompe, il la vole, et il se marre ! Mais c'est pas possible de laisser faire ça ! Dites-lui qu'il a piqué le collier !

Je le rassieds, tentant de le raisonner :

– Zac… dans une consultation, il y a vingt pour cent de voyance, et quatre-vingts pour cent de psychologie. Elle adore son mari, elle l'idéalise, il est sa raison d'être, on ne peut pas s'attaquer comme ça au seul pilier de sa vie…

– Mais il va lui tomber sur la gueule, son pilier !

– Calmez-vous. Un médium qui ne se blinde pas un minimum finit en dépression totale au bout de huit jours. Donnez-moi les infos, je m'occupe du reste. C'est *son* problème et pas le *vôtre*, OK ?

Je ramasse le téléphone, le lui tends. Il le reprend, serre les dents, soutient mon regard, hoche la tête. Je retourne poursuivre la consultation en rajustant mon oreillette.

– Alors ? s'impatiente Mme Le Couidec.

– Le collier est parti à l'étranger, on ne le retrouvera pas.

Elle se laisse aller dans le canapé avec un soupir, s'apitoie :

– Pauvre Sébastien, ça va lui faire une peine… Qu'est-ce que vous me conseillez pour lui remonter le moral ? Ah ben tiens, je vais lui changer sa voiture ! Voilà ! Il adore les italiennes. Vous sentez plutôt Maserati ou Ferrari ?

Face au silence de l'oreillette, je lui conseille d'économiser un petit peu.

– Pour quoi faire ? lance-t-elle dans un cri du cœur. Je

n'ai pas d'enfants, qui voulez-vous que je gâte ? Chloé…
Dans ses yeux, je ne suis pas seulement un pneu. Je suis
une femme.

– Bon, ça suffit, là ! s'écrie Zac en surgissant.

Je me précipite pour le refouler. Il me repousse, se
plante devant ma consultante.

– Y a eu changement de propriétaire. C'est avec moi
qu'on traite, maintenant. Voilà ce qu'il faut faire : vous
demandez le divorce, vous dénoncez votre mari au fisc,
vous leur expliquez ses magouilles et vous négociez avec
eux. Sinon, vous perdrez tout !

Mme Le Couidec-Mertens le regarde, bouche bée,
statufiée.

– Zac, dis-je en le tirant en arrière.

Il se dégage, la saisit aux épaules.

– Je sais de quoi je parle ! Mon ex-femme m'a tout
pris, et en plus on me réclame ses impôts ! Elle aussi,
comme vot' mari, elle se tapait tous les types qui passent.

Renonçant à intervenir, je m'accoude sur le manteau
de la cheminée, fixant le regard en noir et blanc d'Albert.

– Et faites-vous enlever cette pince dans le pied,
merde, continue l'autre hystérique, ça s'infecte, c'est
dégueulasse !

On sonne à la porte. Il se retourne d'un coup vers le
hall. Je vois Nelly sourire à l'espèce de surfeur en tenue
de ville à qui elle vient d'ouvrir.

– Bonjour, module-t-il d'une voix chaude. Sébastien Le Couidec. Vous direz à ma femme que je repasse la chercher dans une heure, j'ai rendez-vous avec mon dentiste...

– Salaud ! s'écrie Zac en se ruant hors du bureau.

Et, avant que j'aie eu le temps d'intervenir, il lui balance un coup de boule qui l'envoie fracasser une console.

*

On roule sans un mot depuis vingt minutes, décapotés. Le pire, c'est le rire intérieur d'Albert que je devine sous le silence muré de son intermédiaire. Utiliser la violence latente d'un paumé pour jouer les justiciers par procuration, je trouve ça honteux. Moi encore, il se servait de mon physique, de ma solitude et de ma fausse assurance pour diffuser ses messages, mais il n'a jamais détourné mes pulsions à son profit. Enfin, il me semble.

– Vous croyez que je lui ai cassé le nez ?

J'appelle le portable de Nelly, qui a accompagné le couple aux urgences de la clinique Saint-Jacques. Répondeur.

– Pauvre femme, soupire-t-il.

– C'était vraiment la chose à faire pour qu'elle prenne conscience ! Bravo !

– C'est pas ma faute ! Je débute !

À l'entrée du Ring, il finit par me dire qu'il est désolé et il me demande pardon.

– OK.

– Avec toutes les horreurs qu'il vous montre sur les gens, ça vous est jamais arrivé de péter les plombs ?

– Au début, oui. Après, on s'habitue. L'indignation, c'est comme tout : ça passe.

– Moi, ça passera jamais ! Il faut bien qu'Albert soit conscient qu'avec moi, il foutra la merde à chaque fois. J'ai aucune intention de changer !

Je renchéris, sombre :

– Lui non plus.

– On va où ?

– À la campagne

– Chez un client ?

– Chez la seule personne qui peut arrêter ce cauchemar.

Le regard au centre du pare-brise, il ne fait pas de commentaires, ne pose aucune autre question. Je suppose que sa voix intérieure est en train de le briefer sur ce qui l'attend. À l'entrée du bois de la Cambre, il se contente de demander :

– Vous pouvez recapoter ? Je suis allergique aux graminées.

*

En découvrant le nouveau porte-parole d'Albert, Georges a crispé les doigts sur son jeu de cartes. Il est resté immobile cinq secondes à jauger le personnage, avant de conclure dans un soupir :

– Eh ben.

– Et encore, tu ne l'as pas vu à l'œuvre, dis-je à son oreille en l'embrassant. Essaie de raisonner Albert, je t'en supplie.

Georges ravale sa consternation, abandonne sa réussite, affiche un sourire de bienvenue et déclare au visiteur, sur le ton cordial d'un mafieux qui programme une exécution :

– Nous allons faire une petite promenade.

Je regarde Zac refermer les doigts sur les poignées du fauteuil roulant et le pousser brutalement hors de la chambre, percutant le chambranle. Indifférent aux secousses, Georges lui explique pour le mettre à l'aise qu'en 1933, durant son exil belge, Albert a vécu dans ce château une liaison aussi torride que brève avec la violoniste Hilda Beulemans, elle aussi traquée par les tueurs nazis…

– J'm'en fous ! coupe-t-il en l'engouffrant violemment dans l'ascenseur. Expulsez-le, et qu'il retourne chez Chloé !

Partagée entre ma confiance dans les ressources psychologiques de Georges et ma crainte qu'Albert ne fasse la sourde oreille, je me laisse tomber sur le petit lit médicalisé. Mon téléphone vibre au fond de mon sac. Nelly me rassure d'une voix anxieuse : Sébastien Le Couidec n'a rien de cassé, elle vient de quitter la clinique. Elle enchaîne, tendue :

– Faut que tu rappelles sur son portable le président de la Commission de prévention des risques, il dit que c'est très urgent. Et on fait quoi, demain, pour la princesse du Qatar ?

– Ça ira, Nelly.

– C'est-à-dire ? grince-t-elle. On emmène ton repreneur et tu refais le coup de la consulte en Bluetooth ?

– Mais non ! C'est juste une question d'heures… Tu ne penses quand même pas qu'Albert va passer sa mort dans la tête de ce boloss ?

Elle raccroche sans répondre, et mon effort de décrispation optimiste retombe à plat. Je me dirige vers la fenêtre avec une angoisse croissante. Le front collé au carreau, je regarde Zac pousser sur le sentier de l'étang mon vieil entraîneur, qui lève vers lui un visage attentif. Et je me dis soudain que, si jamais il réussit à retourner Georges, il m'aura tout pris.

La sérénité du parc amplifie la violence qui serre mes doigts sur les poignées du fauteuil.

– C'est vous qui lui avez mis Albert dans la tête, quand elle avait douze ans !

Ballotté dans les ornières du sentier détrempé, l'invalide nuance d'une voix de faux cul :

– Non... j'ai constaté, j'ai confirmé, j'ai conforté, c'est tout... Les enfants surdoués ont toujours besoin d'un ami imaginaire pour compenser la bêtise ambiante.

Les mâchoires crispées, je dévisage l'ancien athlète emmitouflé dans sa veste en velours grenat, avec ses demi-lunes fichées dans ses cheveux blancs rebelles. Je rétorque :

– Le squatteur que je me trimbale, il n'a rien d'imaginaire.

– Je les ai aidés à vivre en bonne intelligence tous les deux, c'est vrai, admet il. Dans leur intérêt commun.

Dès lors que j'ai compris que ce n'était pas un simple contact en passant, une infiltration accidentelle...

Tu parles. Quand Chloé m'a endormi par hypnose pour essayer de négocier directement avec Albert, j'ai bien senti comment cet entraîneur à la gomme avait détourné à son profit la situation d'emprise. Un fantôme bien ancré dans sa championne de crawl, et le maître-nageur devient maître à penser, logé-nourri-blanchi aux frais de son infiltrée. Je lui balance, hargneux :

– Pourquoi il s'est branché sur elle, d'abord ?

– Il ne vous l'a pas dit ? s'étonne le vieux en se dévissant la tête pour observer ma réaction.

– Il ne m'a pas dit *quoi* ?

– Demandez-lui ce qui s'est passé sur le paquebot qui l'emmenait aux États-Unis, en 1933.

J'arrête de pousser le fauteuil, ferme les yeux en répercutant la requête. Aussitôt, je me retrouve dans la grande cabine d'acajou enfumée, à bord du transatlantique. Le physicien hirsute, pipe au bec et pieds nus dans ses mocassins, est en train de réparer le mât de son voilier miniature, retendant la ficelle des haubans. C'est le jouet que lui avait offert son père à quatre ans et demi, en même temps que la boussole qui allait décider de sa vocation. Sa malle de voyage est refermée, son pardessus posé sur le lit, à côté d'une bouteille de sherry portant la carte du commandant du Westmoreland. On tape à la porte. Il grogne dans sa pipe pour dire d'entrer. La femme de chambre qui ressemble à Chloé entrebâille le battant, fléchit le genou droit dans une esquisse de révérence.

– *Did you call me, Sir ?*

Derrière son nuage de fumée, Einstein lui répond dans son français haché par l'accent yiddish, encore plus dissonant que lorsqu'il s'adresse à moi. Il lui déclare que, toute la traversée, il a rêvé de lui faire l'amour, mais qu'il n'a plus le cœur à tromper sa femme. D'ailleurs, elle occupe la cabine voisine. Le sourire invariable, elle lui répond :

– *Sorry, Mister Einstein… I don't understand.*

– Mais si, objecte-t-il, malicieux. *I know you are French.*

Il pose sa pipe, prend le petit voilier dans sa main droite et se lève pour lui faire face. Tout en avançant lentement vers elle, il lui murmure que les nazis l'ont chassé de son pays, qu'il a dû abandonner ses enfants, qu'il est un père minable, un amoureux dispersé, un savant qui ne sait plus où il va.

– Fous serez mon dernier rayon de bonheur, Juliette. En soufenir de ce qui aurait pi se passer…

Et il glisse avec sensualité le petit voilier dans la poche ventrale de son tablier blanc. Rougissant, très gênée, elle bredouille dans sa langue maternelle qu'elle regrette, mais que le bagagiste arrive tout de suite. Et elle plonge la main dans sa poche en dentelle pour lui rendre son cadeau. Il la plaque soudain contre lui, écrasant le voilier. Il l'embrasse fougueusement dans le cou. Elle se laisse faire, décontenancée. Tout à coup il se fige, recule le torse en la dévisageant et articule lentement, illuminé :

– G i m égale E… k…

Comme s'il entrevoyait dans son excitation la solution de l'équation sur laquelle il butait. Elle lui demande pardon. Sur un ton d'évidence éblouie, il achève :

– … l g ! Oh, merdzi ! Merdzi !

Il la serre contre lui avec enthousiasme, mais elle est tirée aussitôt en arrière par le bagagiste qui vient d'entrer. S'interposant pour la défendre, il empoigne le bras de l'agresseur qui lui flanque un coup de boule.

Projeté en arrière, je me raccroche à la barre du fauteuil roulant. J'ai ressenti l'impact sur mon arcade sourcilière aussi intensément que l'érection provoquée par le contact ventral avec la femme de chambre. Juliette. L'arrière-grand-mère. C'est par elle qu'Albert a cheminé jusqu'à Chloé.

– Vous l'entendez toujours, là ? s'enquiert l'ancien maître-nageur.

Je reviens peu à peu au présent, les pieds dans la boue, le nez chatouillé par les pollens de graminées. J'acquiesce d'un borborygme.

– Qu'est-ce qu'il dit, précisément ?

– Il vous dit de vous occuper de vos fesses. Je cite.

Et je recommence à pousser l'infirme avec une vigueur proportionnelle au sentiment de rejet qui m'assaille. La barre du dossier me rentre brutalement dans le ventre. Le fauteuil s'est embourbé. J'essaie de le dégager, en vain, m'accroupis. Incliné au-dessus de sa roue gauche enfoncée dans l'ornière, Georges me regarde essayer de retirer la racine coincée entre deux rayons. Avec une attention placide, il m'étudie comme si j'étais un sujet d'expérience.

– La question, marmonne-t-il, est de savoir si c'est lui qui a quitté Chloé ou si elle l'a expulsé inconsciemment. Par saturation, par surmenage, par chagrin d'amour… Envie de vivre une vie normale, un jour, sans rien savoir sur personne…

Je m'immobilise. Je me tends l'oreille.

– Alors ? s'enquiert-il.

– Il ne répond pas.

Le vieux coach laisse retomber les mains sur ses cuisses. Dans une poussée brusque, j'arrache le fauteuil de l'ornière, reprends mon souffle en regardant les nuages s'assombrir au-dessus des arbres.

– Georges… elle dit que vous êtes le seul à pouvoir m'enlever Albert. Qu'est-ce qu'il faut faire ?

– Suicidez-vous.

– Et à part ça ?

Il se contorsionne pour me fixer avec une acuité soudaine.

– Vous êtes sûr que ce n'est pas vous qui avez attiré Albert ?

Je hausse les épaules.

– Moi ? Vous me trouvez attirant ?

– Je ne sais pas. Vous avez peut-être un objectif, un potentiel, un rêve…

Je recommence à pousser le fauteuil.

– J'ai peur, c'est tout. Je veux pas de ce pouvoir. Y aurait trop à faire, et je suis nul…

– Albert n'irait jamais se commettre avec un nul, rétorque-t-il, ferme.

Je lâche le fauteuil, viens me planter devant cette espèce de proxénète des âmes.

– On arrête, OK ? Virez-moi ce type !

Il me toise quelques instants, les lèvres pincées, les yeux froids, comme s'il me trouvait ingrat, puis aspire ses lèvres en me saisissant les poignets.

– Bien. Puisque vous refusez de comprendre que *rien* ne se fait au hasard… Puisque vous refusez d'approfondir cette relation… brisons-la ! En tant que juif, il devrait réagir à la prière du Dibbouk.

– C'est-à-dire ?

– Répétez : *Adonaï, gvalt, arakhmonès…*

Je répète, docile, imitant son accent guttural :

– *Adonaï, gvalt, arakhmo…* Aïe ! C'est quoi, ce truc ? Il aime pas du tout !

Perplexe, Georges me regarde crisper la main sur mon estomac, plié en deux. Il justifie :

— C'est la prière qui chasse le démon intérieur…

— Mais ça va pas de le traiter de démon ? Il est vachement susceptible ! Aïe !

— C'est vous qui somatisez.

Je grimace, les dents serrées, en lui demandant s'il n'a pas une formule plus soft. Il se gratte la nuque.

— Il y a bien la méthode bouddhiste… Faire le vide total en vous. Mais stressé comme vous êtes… Rentrons, j'ai un peu froid.

Je fais pivoter le fauteuil, et on retourne vers le château de retraite. La douleur me tenaille de manière moins brutale mais constante, comme une lame de couteau restée dans la plaie. Après quelques tours de roues, il laisse tomber d'un ton négligent :

— Sinon, vous pouvez essayer un vieux classique… Une prière chrétienne, mais qui marche souvent, parce qu'elle n'utilise pas le rapport de force. Au contraire.

— Laquelle ?

Depuis cinq kilomètres, il répète en boucle à mi-voix, les paupières closes, avec une ferveur butée :

– ... *Seigneur, je ne suis pas digne de te recevoir, mais dis seulement une parole et je serai guéri. Seigneur, je ne suis pas digne de te recevoir...*

Un peu soûlée par le leitmotiv, je lui demande ce que lui a dit Georges exactement.

– Chut ! Je fais mes exercices.

– Et y en a pour longtemps ?

– J'sais pas. La structure d'accueil, c'est l'ego, donc je fais disparaître l'ego. Ne me parlez plus.

J'écrase l'accélérateur pour que le grondement du moteur couvre sa litanie. À la sortie de la forêt, je rétrograde et lui glisse entre deux couplets :

– Faut que je fasse un crochet avant de rentrer.

– Un client ?

– Ça ne sera pas long.

– Ça sera sans moi.

– Vous n'êtes pas concerné.

– Je vous trouve optimiste. Vous pouvez rien voir, sans moi.

– C'est vous que je peux plus voir !

– Bonne chance, alors.

Il croise les bras, referme les yeux, et reprend son incantation anti-ego dont l'efficacité me paraît des plus relatives.

– *Seigneur, je ne suis pas digne de te recevoir…*

À l'entrée de l'autoroute, le ressassement a fini par l'endormir, dans un mélange de ronflements et de bredouillis monocordes. Je branche le GPS pour varier la nuisance sonore. La voix de synthèse me conduit, de bretelles en ronds-points, jusqu'au parking du centre commercial où j'ai rendez-vous à l'emplacement 2724 – une zone excentrée en bordure de clôture. Je gare la BM dans l'allée voisine, hésite à réveiller l'indigne. Je sors, l'enferme d'un coup de plip : il n'aura qu'à déverrouiller de l'intérieur s'il émerge avant mon retour.

Je mets mon portable en mode vibreur et me dirige vers le van Mercedes aux vitres noires. Le chauffeur en jaillit à mon approche, m'ouvre la porte arrière, la referme, puis s'éloigne par discrétion.

– J'ai failli attendre, laisse tomber le président de la Commission de prévention des risques.

– J'ai fait aussi vite que possible. Il y a un problème ?

– Normalement, c'était à vous de me l'annoncer, répond-il, pincé. Ça sera demain dans les kiosques.

Il désigne le magazine posé sur l'accoudoir central. *VSD*. Je suis en couverture, ma photo surmontant le titre : *Les frappes de l'OTAN dirigées par une voyante !*

Je laisse échapper, atterrée :

– Putain de merde !

– Comme vous dites. Et vous n'avez rien vu ? rien capté ? J'ai du mal à le croire.

Il y a dans sa voix une pointe de suspicion tout à fait déplacée. Très nette, je précise que la fuite ne vient pas de moi.

– Non, mais j'aurais pu l'empêcher si vous me l'aviez prédite !

J'ouvre le magazine. En tête de la rubrique Actu, sous ma photo provenant de la vidéosurveillance du PC de l'OTAN, je partage une double page avec l'ex-patron des opérations secrètes.

L'incroyable aveu du général Beck :
« C'est Chloé Delmart qui choisit nos cibles ! »

– L'enfoiré, dis-je en fixant le grand Black étoilé qui fait la gueule en encadré. J'aurais dû m'en douter.

– Je trouve aussi, jette le président d'un ton aigre.

Je parcours le papier, effondrée, balbutie :

– Qu'est-ce qu'on va faire ?

– Vous, rien du tout ! Si la presse vous demande ce que vous fichiez au siège de l'OTAN, vous refusez de répondre. Je laisserai entendre que vous êtes ma maîtresse : au moins, ce sera crédible.

Je regarde le demi-chauve à torse creux cintré dans son blazer à pellicules. D'un mouvement des paupières, je m'incline devant la raison d'État.

*

Le chauffeur referme la portière derrière moi, monte au volant. Le van officiel démarre en trombe. Je regagne ma voiture, partagée entre la consternation et une sorte de soulagement. Pour les trois quarts de mes consultants, la discrétion a toujours été une condition sine qua non. Dans mon état actuel, l'avantage d'être grillée, c'est que je n'aurai plus à feindre. Les accros à mes flashs se rabattront sur d'autres médiums et je pourrai peut-être enfin mener une vie normale, sans me sentir redevable à chaque instant de l'argent que me rapporte Albert. C'est lui qui a insisté pour que je sois la plus chère – sinon, me disait-il, je ne serais pas prise au sérieux. La lucidité amère qu'il avait gardée de son incarnation sur terre n'a jamais cessé de gouverner ma vie. L'ai-je déçu au point de l'inciter à détruire, du jour au lendemain, le capital de confiance que la précision de ses messages et leur valeur marchande avaient créé ? J'ai toujours fait du bien autour de moi – en tout cas, j'ai fait de mon mieux. Je ne comprends pas la brutalité de la sanction. Fallait-il me mettre hors circuit pour laisser le champ libre au successeur qu'il m'a choisi ?

La BM est vide. Je cherche des yeux Zac sur le parking parcouru de familles exténuées derrière leur Caddie. Je me glisse au volant et klaxonne. Il est peut-être allé faire des courses. Un mauvais pressentiment me noue le ventre. Non, même pas. Pourquoi continuer d'utiliser ce vocabulaire qui n'est plus de mise ? *Pressentiment...* Les seules informations que je reçois désormais sont le produit de mes neurones, de ma logique et de mon angoisse. J'enserre mes épaules, recroquevillée contre la portière, je murmure :

– Albert... ne me dis pas qu'il s'est barré...

Il ne me dit rien, naturellement. Ni cela, ni le contraire. Peu importe. Que l'apiculteur de la gare du Midi ait réussi ou non son rituel d'auto-exorcisme, le résultat est le même pour moi. Qu'il soit redevenu un paumé désaffecté ou qu'il décide de rentabiliser tout seul son locataire, je ne lui suis plus d'aucune utilité. Au contraire : ma présence lui ôterait du crédit, maintenant que je vais devenir la bête noire des médias. Il faut que je voie le côté positif. C'est sans doute une invitation à tourner définitivement la page. À tracer enfin les lignes de ma vie sans qu'on me tienne la main.

Je sors de ma poche d'imper le portable qui vibre. L'écran affiche *Le Couidec-Mertens.* D'une voix claironnante, la reine des pneus m'informe que, pendant qu'on recousait le nez de son homme, elle en a profité pour passer une radio de son pied.

— Il avait raison, votre stagiaire, il est formidable ! Je veux une consultation avec lui à 17 heures, avant mon conseil d'administration. Vous n'auriez pas perdu une pince ? interroge-t-elle trois tons en dessous, avenante et suave.

J'entends la voix de gorge du Pr Moulins demander pourquoi, sur le ton de la plaisanterie mondaine.

— Parce que vous l'avez retrouvée ! lui balance d'un coup sa patiente. Je serai chez vous dans une demi-heure, Chloé, prévenez le stagiaire. Je veux savoir ce qu'il pense de mes investissements en Chine.

Et elle précise avant de raccrocher, pour ménager ma susceptibilité ou entretenir l'émulation, que deux avis valent mieux qu'un.

Je regarde ma clé de contact, hésite. Je sens que mon avenir se joue ici, maintenant, dans la décision que je vais prendre. Je ne savais pas à quel point il est difficile de trancher, de se prononcer toute seule. Comment font les gens, quand aucune voix intérieure ne les guide ?

Je me suis réveillé tout seul sur un parking d'hyper-marché. Elle est allée faire ses courses, en me laissant comme un chien dans la voiture. Je ravale mon indignation pour écouter mon cerveau. Silence. Par acquit de conscience, je repasse une couche :

– *Seigneur, je ne suis pas digne de te recevoir...*

Il me répond que si. J'ouvre la portière à la volée et je fonce droit sur le bar-tabac du centre commercial. On va voir si je suis digne, tiens ! Puisqu'il est insensible à l'humilité, essayons l'avilissement.

– Un whisky ! Double.

La pression désagréable à l'arrière de mon crâne m'indique assez clairement que j'ai fait le bon choix. Sans me vanter, je commence à décrypter les réactions du passager. Et je crois bien que, cette fois, j'ai trouvé les commandes du siège éjectable. Je viens de revoir dans un flash la cabine du transatlantique : engoncé dans son gros pardessus 1930, l'arcade sourcilière éclatée par le bagagiste, une fiasque aux lèvres, le Prix Nobel s'effondre sur l'oreiller, assommé par l'alcool.

– Un autre, dis-je en plaquant sur le comptoir mon verre vide. Et une grille d'Euro Millions.

L'air fermé, le patron me sert en dévisageant une migrante qui est entrée, un bébé dans les bras, pour faire le tour des tables en tendant son gobelet. J'avale le whisky en deux lampées, puis débouche un stylo pour remplir la grille.

– Et là, Bébert, tu trouves toujours que j'suis digne ? Vas-y, j' t'écoute ! Numéros gagnants ?

Les réponses fusent aussitôt dans mon crâne. Je coche les chiffres à mesure que je les entends, répétant à voix haute :

– 26. 4. 28. 7… 7 ou 16 ? Articule ! 7. 11. Et numéros étoiles ? Le 3 et le 9, OK.

Je tends la grille au patron qui la valide, l'œil morne, habitué aux comiques de comptoir. Et je lui donne mon dernier billet.

– Vous avez une petite pièce, monsieur, pour faire manger mon bébé ? me demande la jeune veuve qui arrive d'Alep via la Turquie, la Grèce et Dortmund.

Tandis que je me comprime les tempes pour interrompre le récit de son parcours et de ses drames, le patron me rend la monnaie en soupirant, fatigué :

– Rasha, je te l'ai dit cent fois, tu rentres uniquement quand il pleut. Allez, dehors !

– Je n'ai plus que ça, dis-je à la jeune femme en lui montrant les quatre-vingts centimes dans la soucoupe. Bon, allez, j'y vais. Elle va s'inquiéter.

Je fais trois pas en vacillant puis je m'arrête, ébranlé par les mots que je viens de prononcer. Je prends à témoin l'inconnue :

– Ça me fait bizarre. C'est la première fois.

Elle m'interroge du regard. Je développe :

– Que je dis cette phrase. Qu'on s'inquiète pour moi.

Je me dirige vers la porte avec un sentiment de décalage qui ne doit pas tout à l'alcool. Personne n'a jamais eu besoin de moi, à part les deux femmes de ma vie qui m'ont tout pris ; là, c'est moi qui ai volé à Chloé ce qu'elle avait de plus cher et c'est elle qui s'inquiète. La vie est bien faite, quand même, finalement. J'existe. Je compte pour elle. Même si je n'ai que la valeur du contenu. Je m'en fous : ce qui importe, c'est de compter.

– Monsieur… vous oubliez ça.

Je me retourne. La jeune maman a un geste vers le comptoir. Je lui dis que c'est pour elle. Elle me fixe, désarçonnée. Je la regarde prendre lentement la grille d'Euro Millions sans me quitter des yeux avec un air craintif, des fois que je me raviserais. Aucune ponctuation dans ma tête. Albert n'a plus dit un mot, depuis les sept numéros – gagnants ou pas, je l'ignore. On verra. Elle verra. Je la salue avec deux doigts croisés et je sors.

Dans l'euphorie du whisky et de la bonne conscience, je zigzague sur le parking en direction de la BM. J'espère de toutes mes forces que Chloé sera à l'intérieur. Et, du coup, elle y est. En fait, l'avenir n'est pas forcément une fatalité que je capte, c'est peut-être le produit de mes choix. Pourquoi s'en priver ?

Je m'affale sur mon siège. Elle ne se retourne pas. La tête dans ses bras croisés sur le volant, elle pleure. La tension nerveuse, l'écœurement, l'impuissance… Je la regarde, flatté, avec tout de même un brin de gêne. Je me justifie :

– Excusez-moi. J'étais allé faire un tour. Vous pensiez que je vous avais laissée tomber ?

Elle ne répond pas.

– Non, c'est pas mon genre. J'suis là.

Je lui entoure les épaules pour la consoler. Je me sens troublé.

– Vous êtes belle, quand vous êtes malheureuse. J'veux dire : vous avez l'air humaine.

Comme elle ne réagit pas, je lui demande d'un ton plus neutre comment s'est passé son rendez-vous. Elle démarre d'un coup. L'accélération me plaque contre mon dossier. Après un ou deux kilomètres à 150, je me penche pour chuchoter à son oreille qu'on approche d'un radar.

– Fermez-la, tous les deux ! crie-t-elle, excédée. OK ?

Sans me vexer, je lui précise qu'Albert n'a rien dit,

j'ai juste vu un panneau. Elle ralentit, se radoucit et m'explique ce qui s'est passé avec l'OTAN. Les frappes préventives initiées par Albert, le cafouillage de l'usine de chaussures, la presse qui vient de tout balancer.

– Je sais bien qu'il me faisait jouer avec le feu… Et j'y ai pris goût, parfois, c'est vrai. Si seulement on avait un moyen d'arrêter pacifiquement les guerres…

C'est elle qui se justifie, à présent. Je suis désolé pour elle, mais c'est bien qu'elle fasse un examen de conscience. Un état des lieux. Un brin de ménage. C'est sûrement son seul moyen de récupérer Albert. D'un autre côté, si elle y arrive, qu'est-ce que je deviens ? Une bouche inutile. Au moins, cela dit, je verrai ce qu'elle éprouve pour moi à titre personnel, indépendamment de mon occupant. Je ne sais pas pourquoi, tout à coup, c'est devenu si important pour moi de le savoir. J'ai la tête qui tourne de plus en plus, au fil de ses confidences. Comme si les effets de l'ivresse étaient décuplés par l'avantage que je suis en train de reprendre.

– Je ne pensais pas m'installer comme médium, Zac… Jamais de la vie. Je voulais juste faire entendre la voix d'Albert, transmettre ses travaux posthumes, mais l'université n'a rien voulu entendre…

– Je sais. J'ai vu.

Elle rétrograde, double un camion dans un virage, m'envoyant heurter la portière puis l'accoudoir central quand elle se rabat. Elle reprend avec une amertume résignée :

– On écoute les voyantes, aujourd'hui, pas les étudiantes en physique. Alors Albert m'a fait prendre le chemin le plus court pour accéder aux responsables politiques, aux autorités de l'armée... Mon seul but, au départ, c'était son combat contre les armes nucléaires, les fanatiques, les terroristes... Mais je me suis prise au jeu, c'est vrai, je me suis crue la reine du monde... Faut jamais s'approcher du pouvoir, Zac. Ça déteint.

Je lui demande entre mes dents ce qu'on va faire, à présent.

– J'sais pas. Y a douze personnes dans ma salle d'attente, j'ai deux heures de retard, j'ai... j'ai plus envie, Zac. J'ai plus envie de faire semblant.

Son abandon me réconforte. Mais je ne vais pas en abuser. Je lui glisse à l'oreille, pour la rassurer :

– Je pense que le whisky, c'était une bonne idée.

– Pourquoi vous parlez si bas ?

– J'veux pas le réveiller, il est complètement bourré. De son vivant, il ne supportait pas l'alcool.

– Ah bon ?

– C'est la première info perso que je reçois de lui.

Elle me dévisage avec une moue sceptique. J'insiste d'un ton mutin :

– Je crois que je suis en train d'inverser le rapport de force...

– Zac… Il se moque de vous, là.

– J'pense pas. Je l'ai cuité à mort. Seul moyen de le neutraliser. Si je continue à lui faire Happy Hour à l'open-bar, vous allez voir qu'il va vite rentrer chez vous.

Et je lui donne un coup de poing complice sur l'épaule. Elle redresse la direction en me repoussant. Mon sourire narquois se délite dans un haut-le-cœur.

– Pouvez pas décapoter ? Je me sens un peu…

Il finit de vomir sur le bas-côté, se redresse et, très digne, revient s'appuyer sur le montant de la portière. Il paraît complètement dessoûlé. Avec un air aussi résolu que fataliste, il marmonne :

– C'est vraiment un enfoiré. Et je vais vous dire la vérité, Chloé : elle a menti, votre arrière-grand-mère. C'est pas un Prix Nobel qui l'a foutue en cloque, c'est un bagagiste !

Je lui réponds que je sais. Albert me l'a appris quand j'avais dix-huit ans. Il me fixe avec une incompréhension totale.

– Et vous l'avez gardé quand même ?

– On s'en fout des liens biologiques. Quitte à élever seule une bâtarde, mamy Juliette avait préféré en attribuer la paternité au passager de ses rêves... Et ça a marché : au décès d'Albert, une part de lui s'est retrouvée liée à notre famille. On n'imagine pas la force d'attraction d'un mensonge d'amour...

– Pourquoi il ne reste pas avec elle chez les morts, alors, au lieu de s'accrocher aux vivants ?

Je commence une réponse qu'il n'écoute pas, les yeux dans le vide. Je devine les images qu'il est en train de capter. Le coup de foudre de Juliette pour un bel instituteur désireux d'adopter sa fille, leur accident de voiture la veille du mariage, la petite orpheline défigurée par le pare-brise que l'énergie spirituelle d'Albert s'efforce de soutenir sans écho…

Zac m'interroge du regard, perturbé par la souffrance qui se propage en lui. Je confirme en baissant les yeux :

– Il m'a dit que ni ma grand-mère ni ma mère n'avaient entendu sa voix. Elles n'écoutaient que leurs rancœurs, ne pensaient qu'à l'héritage Einstein qui leur était passé sous le nez… Moi, mon Albert, je l'ai aimé tout de suite.

– Et il vous plaque du jour au lendemain, conclut-il en contournant la voiture pour se rasseoir. Je comprends pas.

– J'ai changé, Zac. Mais même s'il ne veut plus de moi, je ne peux pas priver les gens de son aide.

Il referme sa portière sans me quitter des yeux. Il a l'air troublé, ému par ma franchise, ma lucidité ou mon abnégation. Au bout de quelques secondes, il soupire, résigné :

– Je vais m'occuper de vos clients, d'accord. En douceur, j'ai compris.

Je lui donne un bisou sur la joue et je redémarre en souriant. Je ne sais pas où cette situation nous mènera, mais une sorte de confiance est revenue en moi, curieusement proportionnelle aux catastrophes qui me tombent dessus.

Tandis qu'on traverse Bruxelles dans une circulation à la fluidité inhabituelle, je me prends à imaginer le tandem que je vais désormais former avec celui que ma consultante la plus assidue appelle déjà «mon stagiaire». Accepter de partager Albert au lieu de me croire délaissée par lui, c'est peut-être le déclic qui va tout changer… Et si ce que je prenais jusqu'alors pour une punition était en fait une seconde chance?

Au coin de la rue Berkendaele, j'aperçois des véhicules de radio en double file. Une meute de photographes et de journalistes attend devant ma porte.

– Ah d'accord, commente Zac.

Avant qu'ils ne me repèrent, je tourne brusquement en direction de l'avenue Brugmann.

– On peut aller chez moi, si vous voulez, propose-t-il, et il ajoute devant mon air incertain : Je vous préviens, ça n'a rien de féerique.

Je ne réponds pas. Je reprends le Ring et il me guide jusqu'au fin fond de Molenbeek, entre les vieux pavillons de brique arborant leur permis de démolir, les barres d'immeubles aux paraboles sèche-linge et les mosquées sous protection militaire. Je suis en roue libre.

Je me laisse faire, j'entérine. Je me soumets à son hospitalité comme si mon appartement avait brûlé, comme s'il ne restait rien de ma vie.

Après avoir ignoré six appels de Nelly, je profite d'un embouteillage pour écouter ses messages où résonnent les beuglements de Le Couidec-Mertens, venue nous consulter pour ses investissements en Chine :

– Et comment je sors d'ici ? En hélicoptère ? Je suis sous contrat avec l'OTAN : les camions, les jeeps, c'est mes pneus ! Si les journalistes me voient sortir de chez Chloé, ils en déduiront que c'est elle qui m'a obtenu le marché ! Il y aura une enquête parlementaire, ils démonteront le système des appels d'offres – j'ai mon conseil d'administration dans une heure, comment je fais ?

Le dernier message de Nelly, hors d'haleine, m'annonce qu'elle vient d'évacuer l'industrielle dans une poubelle jaune à déchets recyclables. Je la félicite par un texto où je l'avertis que je suis en fin de batterie.

– C'est la cinquième maison à gauche, m'indique Zac. Vous pouvez vous garer devant le portail, à côté du scooter.

On est dans une ruelle déserte au soleil couchant, un morceau de passé en sursis entre deux chantiers interrompus. Il me fait entrer dans son petit jardin à l'abandon. Un calme étrange y règne, une torpeur végétale engourdissant les bruits de la ville. Le léger grincement d'une balancelle rouillée envahie par le lierre accompagne le bourdonnement des ruches.

– Si j'avais su que j'accueillerais la star des voyantes et le Prix Nobel de physique, j'aurais passé la tondeuse. Attention aux abeilles.

Les cadavres crissent sous mes semelles.

– C'est ici que votre père soignait ?

– Ça y est ! s'écrie-t-il, soudain euphorique. Ça remarche !

– Quoi ?

– Vous ! Ça y est, vous avez un flash ! Vous avez récupéré Albert ! Comment vous pouviez savoir que mon père était médecin ?

– Vous me l'avez dit.

Je le regarde accuser le coup, déconfit.

– Et il se marre, conclut-il en désignant sa tempe.

Avec un soupir résigné, il monte les trois marches du perron, ouvre sa porte, allume, se retourne.

– Chloé ?

Il revient vers moi. Penchée au-dessus d'une ruche, je suis restée immobile à fixer les abeilles qui me contournent en rentrant de leur butinage.

– Vous n'avez pas peur ? s'étonne-t-il.

Je ramasse une morte, la fais rouler doucement au creux de ma paume.

– Non, pourquoi ? Elles piquent si on les attaque,

c'est tout. Vous savez, j'ai passé mon enfance à apprivoiser des poissons…

– Quel rapport ?

– À chaque Noël, je demandais une ruche : on m'offrait un poisson. J'avais peur des humains.

– Comme nous.

Le cœur serré, je constate :

– Albert dit « nous », maintenant.

– Non, c'est moi.

Avec une légèreté de façade où l'appréhension le dispute à la nostalgie, je murmure :

– Vous commencez à vous habituer à sa présence. C'est ça ?

L'air gêné, il me fait entrer dans sa maison. Elle sent la cave et le grenier ; un curieux mélange d'humidité et de poussière sèche. Le délabrement est assorti au fouillis du jardin, le bric-à-brac des souvenirs de famille se fond dans le désordre d'une vie de célibataire. Les cartons de déménagement vides alternent avec les bassines sous les fuites du plafond. Punaisés sur un panneau de liège, des mises en demeure et des avis d'huissiers.

Je cherche une expression qui ne soit pas trop brutale.

– Vous êtes en… partance ?

– En cours d'expulsion. Je négocie. L'ancien propriétaire acceptait mes retards de loyer, en mémoire de mon père, mais ses héritiers veulent vendre. C'est pas simple de se reloger avec douze ruches. Remarquez, au train où elles meurent, bientôt le problème ne se posera plus.

Tandis qu'il suspend son blouson à une patère, je le contemple jeune homme serré contre son père, tous deux en tenue d'apiculteur. Sur les deux côtés pliés qui font tenir la photo sur la table de cuisine, je découvre la longue brune tête à claques et la vieille décolorée qu'ils enlacent avec la même passion.

– Elles sont belles, vos femmes, dis-je pour être polie.

– Oui, confirme-t-il en me reprenant la photo, dont il replie les bords afin d'escamoter les conjointes. Chez nous, on se fait larguer de père en fils. Mettez-vous à l'aise.

J'accroche mon sac à la rampe de l'escalier, dénoue mon imper et frissonne, touchée par cette ancienne maison de famille qui n'est plus qu'une tanière de solitaire en sursis. Je lui dis que moi non plus, je ne sais pas trop ce que je vais devenir. Il a l'air soudain embarrassé par notre intimité. Il répond qu'il n'a pas grand-chose, à part du coca, du foie gras et quatre sortes de miel.

– Ça sera très bien.

Entourant mes épaules, je vais m'asseoir dans le petit living au mobilier vintage, devant la cheminée garnie d'emballages et de vieux journaux. Il suit mon regard, devance ma demande :

– Je ne peux pas faire de feu, il y a un essaim qui loge dans la cheminée.

– Et donc, vous me réchaufferez vous-même.

J'ai dit ça avec un sourire suspicieux, pour le détendre. Après un petit temps de flottement, il précise d'un air flou qu'il n'est pas forcément ce genre de type. Je lui réponds, les yeux dans les yeux :

– Je ne sais pas. Je ne sais absolument pas qui vous êtes, si je peux avoir confiance… D'un côté, c'est formidable de ne rien savoir sur quelqu'un, de tout découvrir par soi-même… – en fait, ça me terrorise.

Ne sachant trop par quel bout prendre ma phrase, il murmure :

– Faut pas.

Je soutiens son regard.

– Et moi… qu'est-ce qu'il vous dit sur moi ?

À sa façon de s'empourprer en trois secondes, je devine le genre d'images qu'Albert vient de lui envoyer.

– Rien, ment-il en refoulant la vision d'un mouvement de tête. Il me laisse la surprise.

Intimidé, il s'assied sur le canapé, assez loin de moi, croise les jambes, dessine des huit sur son genou. Un vague bourdonnement dans le conduit de la cheminée ponctue notre silence. Au bout d'un moment, il laisse tomber :

– Pardon de vous demander ça, mais… vous me trouvez attirant ?

Je réfléchis à peine. Je choisis d'être honnête :

– Non. C'est ce qui me plaît chez vous.

– Bon, fait-il sans bouger.

Je développe :

– Ça m'a émue de vous voir avec Georges tout à l'heure. Il a été... mieux qu'un père, pour moi.

– Il dit que c'est vous qui avez viré Albert, inconsciemment. Pour vivre une autre vie.

– Et Albert, il en pense quoi ?

– Ça. Et il trouve ça bien.

J'ai l'impression qu'il commence à prendre des libertés avec les messages de son squatteur. Ça ne me déplaît pas. Je glisse d'un ton neutre :

– Vous comptez me nourrir avant ?

– Avant quoi ?

– Ou vous me faites l'amour d'abord ?

S'efforçant de réagir avec naturel, il répond :

– Ça dépend si vous avez faim.

– Vu le menu, je pense que c'est pas vraiment prioritaire.

Il me regarde d'une manière assez difficile à définir, entre gêne, méfiance et tentation. Il baisse les yeux, soupire :

– C'est pas que vous me plaisez pas, mais... j'ai l'impression que c'est lui qui a envie de vous.

– Et vous êtes jaloux ?

Il hausse les épaules.

– Je me raconte pas d'histoires. Si y avait pas eu Albert entre nous, vous m'auriez jamais remarqué.

Ma bouche s'assèche d'un coup. Je dis doucement :

– C'est peut-être pour ça qu'y a eu Albert.

Il me dévisage longuement. La nature de son regard me trouble un peu plus que je ne le voudrais. Je détourne les yeux vers la table basse, attrape le pot planté d'une cuillère qui trône sur un plateau entre deux bouts de biscotte. Je goûte sous son regard vigilant, retiens comme je peux ma grimace.

– Original, comme miel.

– C'est le meilleur : c'est du miel de ville. Le moins pollué.

– Ah bon ?

Mon ton sceptique le fait partir au quart de tour, comme s'il avait à cœur d'évacuer par ses connaissances techniques l'émoi que je lui inspire.

– Elles butinent quoi, les abeilles, à la campagne ? Les pesticides, les désherbants et les OGM qui fabriquent leur propre insecticide – le pire de tous ! Y a même un gène modifié du colza qui s'est installé par les bactéries dans leur intestin ! En plus, les apiculteurs leur piquent toute leur récolte et les nourrissent avec du sirop de sucre industriel, qui n'a aucune propriété antibactérienne ! Moi, les miennes, je leur laisse soixante pour cent de leur miel pour qu'elles renforcent leurs défenses immunitaires. Et elles vont très bien !

Je l'ai écouté avec attention en suçant lentement ma

cuillère. J'aime l'énergie désespérée de sa compétence.
Je rajoute un peu d'huile sur son feu :

– Mais pourquoi elles meurent, alors ?

Sa véhémence retombe. Dépassé par le mystère, il
avoue qu'il ne comprend pas. Il a fait faire des autop-
sies : elles crèvent en parfaite santé. En définitive, elles
se tuent entre elles.

– Pourquoi ?

– Je ne sais pas.

Il se lève brusquement. Je le regarde marcher vers la
porte d'entrée, sortir sur le perron. Je le laisse mariner
quelques instants, tout en feignant d'écouter ma boîte
vocale qui ne contient pas de nouveau message.

Quand je le rejoins, il est en train de fumer une
espèce de joint mal roulé qui sent le gaz. Je m'arrête à
côté de lui, devant la barrière descellée que maintient la
vigne vierge. Pour économiser les phrases de liaison, je
tends la main vers sa bouche. Il me passe son joint, sans
me regarder. Je tire une bouffée de politesse, fronce les
sourcils.

– C'est pas de la beu.

– Non, c'est de la cire.

– Ah. Je vous demande pas ce que vous faites avec la
gelée royale.

Son silence tendu souligne l'inanité de ma vanne. Je
lui rends son joint apicole.

– Qu'est-ce qui se passe, Zac ?

Il déclare qu'il serait très honoré de faire l'amour avec moi, mais que ça ne serait pas honnête. Sur le même ton protocolaire, je réponds qu'il m'en voit navrée.

– Je sais, dit-il avec brusquerie en se retournant pour me faire face. Je suis quoi, moi, pour vous ? Un porte-Albert !

Avec une petite moue coquine, je dis pour ma défense que j'ai le droit de m'intéresser aussi aux murs porteurs.

– Mais arrêtez de vous mentir ! Tout ce que vous voulez, c'est me le reprendre ! Les rituels ça marche pas, le dialogue ça donne rien, alors essayons le cul !

– Je voudrais pas être pessimiste, mais ça m'étonnerait que vous éjaculiez Albert.

Il me fixe, cassé dans son élan. Il sourit malgré lui.

– C'est pas ça…

Il prend une longue inspiration, avoue doucement :

– J'aimerais être aimé pour moi-même. C'est con, hein ?

– J'sais pas. Ça m'est jamais arrivé.

Il mord ses lèvres, ému. Il sent que je suis sincère et qu'on est passés par les mêmes cases. Il n'a plus rien, je suis en train de tout perdre, et le vieux génie qui nous a réunis en se transvasant sait probablement ce qu'il fait.

Je me rapproche de Zac. Un scrupule dans la voix, il murmure en écrasant du bout du pied son joint de cire :

– S'il m'envoie une vision qui nous concerne tous les deux, c'est pas obligatoire qu'elle se réalise ?

Je rentre dans la maison, attends qu'il m'ait rejointe
pour répondre :
— Non. Ça dépend de nous.
Il me fait face dans le vestibule, les bras ballants.
— Bon. C'est moi qui prends l'initiative, alors ?
— On verra.
Il me tend la main, je la regarde sans la prendre, et je
le précède dans l'escalier.

*

J'ai passé une nuit hallucinante de douceur. Comme
si nos vides affectifs étaient devenus un terrain d'en-
tente, un patrimoine commun. On était les mêmes, à
des années-lumière. Issus de mères en béton armé et de
pères trop tôt disparus, on s'était toujours crus indignes
d'être aimés. Résignés à ne pouvoir combler que des
profiteurs ou des manipulatrices. Condamnés aux plan-
tages à court terme qui justifiaient nos complexes.
Tout m'a émue, en lui. Tout ce qui devait agacer les
autres femmes. Sa manière de me déshabiller en pliant
mes affaires, comme s'il faisait ma valise. Sa façon de
découvrir mon corps en le passant au contrôle tech-
nique : équilibrage des fesses, parallélisme des seins,
mise sous tension du clitoris, vérification de l'allu-
mage... Et puis la tenue de route, les réactions au frei-
nage, à la montée en régime... Jusqu'au lâcher-prise,

à la confiance mutuelle, au début du plaisir en copilo-
tage. Pour finir dans une bulle de tendresse, serrés l'un
contre l'autre, avec ses mots truffés de silence renouant
le fil de nos angoisses :

— Comment ça se passe, quand on est mort ? C'est
réservé aux esprits supérieurs, ou on est tous comme
des sans-abri à chercher une oreille, une voix ?

J'ai dit que je ne savais pas. En dehors d'Albert, je
n'avais jamais entendu personne.

— Un défunt normal, je veux dire, qui a fini son boulot sur terre, il a le droit de se retrouver avec ceux qu'il
a aimés, non ?

— J'imagine.

— Mais nous, quand on sera morts, il se passera quoi ?

— On verra, ai-je répondu en laissant descendre ma
main le long de son torse. J'ai plutôt envie de vivre, là,
tout de suite, tu vois, j'sais pas pourquoi…

Il est revenu sur moi avec une vigueur stimulée par
ma demande – ou par mon absence de réponse à ses
questions métaphysiques. Aux longues modulations de
oui ! que m'ont déclenchées ses coups de boutoir, il a
soudain répondu par un non ! cinglant, la tête rejetée
de côté. Quand la tension est retombée et qu'on a repris
notre souffle, il a cru bon de préciser :

— Ce n'est pas à toi que je disais non.

— C'est à toi que je disais oui.

*

Je le regarde dormir dans les premiers rayons du soleil. Mes intentions n'avaient rien de pur et je me sens nettoyée, protégée, grandie par un élan qui me dépasse. Le sexe était si attendu avec Damien, si dominé, si efficace. La jouissance obligée faisait oublier le manque d'émoi, l'absence de trouble et d'harmonie, de tendresse… C'est le contraire avec Zac. L'orgasme est tout à coup devenu un moyen, pas une fin.

Mais ce qui me sidère le plus, c'est que, si j'ai pensé plusieurs fois à Damien en termes de comparaison, pas un instant je n'ai cherché Albert. Ni son écho, ni sa présence. À aucun moment je ne l'ai senti dans l'homme qui me faisait l'amour sur un lit de famille aux ressorts exténués. Comme si le vieux séducteur d'autrefois nous laissait ce temps d'intimité, cette surface de réparation. Ou alors, c'est moi qui avais consommé notre rupture.

Quoi qu'il en soit, ma décision est prise, ce matin. Je respecterai le choix d'Albert. Je renonce à récupérer contre son gré mon compagnon d'enfance, mon homme d'intérieur. Je tire un trait sur mon pouvoir, mon devoir, mon rôle social – tout ce qui, depuis si longtemps, me tient lieu de raison d'être.

Je m'étire, nue dans une flaque de soleil. Je ne savais pas que le renoncement pouvait être aussi gratifiant. Je vais devenir une femme ordinaire. Une femme qui

ne sait rien du lendemain, qui ne voit pas plus loin que
le bout de son cœur, qui ne peut compter que sur son
intelligence ou son honnêteté pour trouver le juste
milieu, parfois, entre ce qu'elle éprouve et ce qu'elle
inspire. Et j'aime ça. Je n'aurai plus peur de mal faire,
de me laisser dépasser, de me perdre en servant, malgré moi, de mauvaises causes. Je n'aurai plus besoin de
me fuir, de compenser mon ascendant sur les autres par
la soumission ponctuelle aux fantasmes d'un tiers. Du
moins je le ferai en connaissance de cause, et ce sera une
fierté au lieu d'être un remords.

Je regarde l'homme qui m'a fait jouir trois fois avant
de sombrer en moi dans un sommeil de plomb. Et je
ne peux que remercier Albert de m'avoir quittée pour
quelqu'un de bien. J'ignore quel sera notre avenir à
trois, s'il y en a un, mais ce présent valait la peine d'être
vécu.

Zac se retourne en marmonnant dans son rêve.
J'enfile un de ses pulls et je descends dans le jardin. La
rosée trempe mes pieds nus. Dans le bruit des poubelles
qui remontent la petite rue, je m'approche des ruches,
me concentre en observant les abeilles.

*

Je ne sais combien de temps je suis restée là. Quand
Zac est sorti de la maison, il était métamorphosé, en

costume-cravate, l'air exalté, son casque à la main. Il s'arrête en me découvrant dans son univers. Un sourire vient renforcer son allure martiale. Il fonce sur moi, me prend dans ses bras, écrase ma bouche, recule en ne sentant pas de réponse à son baiser. Je lui dis que j'ai compris.

– Compris quoi ?

– Les gardiennes de la ruche éliminent les butineuses qui reviennent, parce qu'elles les prennent pour des intruses. Elles ne reconnaissent pas leur comportement. Quelque chose s'attaque à leur cerveau.

– Mais c'est pas possible, on est en ville ! Y a pas de champ d'OGM, et les abeilles ne volent jamais à plus de trois kilomètres de la ruche ! Elles ne butinent que des fleurs de jardin ou de balcon, cent pour cent naturelles !

– C'est le wifi, la 4G, les antennes-relais… Les ondes perturbent leur système de communication.

Il me fixe, attentif, en demandant si j'ai à nouveau des visions.

– Non. J'observe.

Je me blottis contre lui dans le flou de mes larmes. Je ne sais pas ce que j'ai. Une détresse en creux, une symbiose brutale avec ses abeilles… Il m'écarte doucement pour me dévisager. Son regard n'est plus le même.

– Qu'est-ce qui se passe, Chloé ?

– C'est affreux ce qui leur arrive. C'est même pas une

163

pollution, ni un suicide… Elles se massacrent entre elles pour un malentendu.

— C'est-à-dire ?

Albert n'est pas revenu me parler, pourtant les phrases m'arrivent toutes faites, les mots s'enchaînent avant que je les aie choisis. Pouvoir de l'empathie ? Maintenant qu'il n'y a plus dans ma tête que ma propre pensée, le filtre d'Albert n'agit plus entre le monde et moi. Je suis disponible pour les informations qui n'émanent pas de lui.

— On a changé les codes de la nature, Zac, et elles ne savent pas décoder, elles ne peuvent pas se reprogrammer… Comment on pourrait leur expliquer ?

— Avec leur langage !

Sa phrase a claqué dans un mouvement d'impatience. Il se met à cligner violemment des paupières, tandis que les mots se bousculent dans sa bouche :

— Elles parlent en bougeant leurs antennes. Chaque position correspond à une information : Karl en a défini cent dix, en 1950…

Je sursaute.

— Karl ?

Il écarte les mains en signe d'évidence.

— Mon copain Karl.

— Karl von Frisch ? C'est le copain d'Albert, Zac, c'est pas le tien…

Ses yeux continuent de cligner, son souffle est de plus

en plus court, une exaltation guerrière fait trembler son sourire.

– Lui aussi, ils se sont bien foutus de lui, alors qu'il avait complètement raison, et ils ont eu sa peau !

J'enfonce les ongles dans ses épaules, le secoue.

– Zac... c'est Albert qui parle, là ! Ne lui laisse pas les commandes, reste conscient... Garde le contrôle !

– Je n'ai qu'à fabriquer une abeille robot ! poursuit-il d'une traite. Je l'imprègne de cire pour qu'elle ait l'odeur de la ruche, et ensuite je programme à distance les mouvements de ses antennes pour faire passer le message.

J'essaie de le raisonner en m'efforçant de conserver mon calme :

– Attends, c'est pas possible...

– Dans ton cerveau, non, réplique-t-il, surexcité, et il ajoute en se touchant le crâne : Mais là, je n'ai qu'à me servir !

Je suis atterrée. La phase ultime que j'ai espérée hier soir en montant dans sa chambre, puis redoutée dès ses premières caresses, cette incorporation totale qui m'aurait permis de parlementer directement avec Albert, voilà qu'elle est en train de se produire. Peut-être est-ce l'exaltation de notre fusion charnelle qui a fait passer Zac au stade final de l'adhésion. À cause du plaisir qu'on a pris, ses derniers verrous ont sauté, sa protection psychique a volé en éclats. Il était sous influence, maintenant il se retrouve sous emprise.

– Il suffit d'avoir l'argent : je construis des robots à l'échelle mondiale, et j'arrête le désastre ! enchaîne-t-il, de plus en plus enflammé. Les robots indiqueront aux abeilles les zones d'OGM à éviter, leur expliqueront qu'il ne faut pas butiner le matin au moment où les paysans passent le désherbant, leur apprendront à contourner les antennes-relais...

– Zac !

Je le secoue de plus en plus fort. Sa passion désespérée alliée à l'énergie d'Einstein, c'est de la fission nucléaire ! Je connais la violence que déclenche l'injustice chez Albert. J'ai vu ce que ça a donné sur moi, à vingt ans, quand j'ai failli foutre le feu à la fac de sciences qui ne voulait pas de la thèse qu'il m'avait dictée. Albert a toujours été pacifiste, mais les colères refoulées durant sa vie deviennent terriblement actives quand elles se greffent sur nos propres révoltes.

– On n'a pas le choix, beugle-t-il de plus belle. Quatre-vingts pour cent des fruits et légumes disparaîtront si les abeilles disparaissent ! Ça cassera la chaîne alimentaire et tous les êtres vivants mourront de faim ! Sans la pollinisation, y aura plus de vie sur terre !

Je le gifle pour qu'il revienne à lui. Il me dévisage, coupé court, stupéfait. C'est son regard, à nouveau. Sa mine égarée. Il monte la main à sa joue.

– Qu'est-ce qui te prend ?

J'improvise :

– Tu avais un moustique.

– Ah bon ? Merci.

Visiblement, il n'a aucune conscience du dédoublement qu'il vient de subir. C'était la même chose pour moi, les premiers temps, quand je découvrais les pages d'équations qui étaient venues toutes seules sous mon stylo, et puis j'ai mis le holà. Albert respecte nos frontières, dès lors qu'on les lui définit.

Mon portable sonne dans ma poche. Je le prends, décroche en voyant le nom de Nelly.

– Ben, t'es où ? On décolle dans une demi-heure.

Le fond sonore d'aéroport crispe mes doigts sur l'iPhone.

– J'ai complètement oublié. Décommande.

– Que je décommande la princesse ? Attends, depuis ce matin j'ai tous les rendez-vous qui s'annulent à cause de *VSD*, ils ont tous la trouille de se retrouver en photo avec toi, et tu veux que je décommande la princesse du Qatar ?

Comme un automate, Zac se dirige droit vers le portail d'où dépasse un journal. Je ne réfléchis même pas avant de décider :

– J'arrête, Nelly.

– T'arrêtes ? Et moi, j'fais quoi, moi ?

– Je te rappelle.

Je n'en reviens pas du naturel avec lequel je viens d'envoyer au tapis, en trois secondes, la seule copine qui m'ait soutenue depuis la fac. Même si elle a toujours bénéficié de mes largesses, je devrais ressentir un minimum de culpabilité en l'expédiant sur le marché du travail.

– Zac, ça va ?

Je le rejoins au moment où il finit de déplier *La Libre Belgique*.

– Je sais où il est, déclare-t-il d'une voix détimbrée.

Il désigne la photo du petit garçon. *Disparition à Arlon : toujours aucune trace de Raoul.*

– Il va bien, mais il n'a plus rien à manger. Donnemoi le téléphone de ton contact à la police, poursuit-il en sortant de sa poche un portable antédiluvien.

Sur le ton faussement neutre des passations de pouvoir, je lui dicte le numéro du commissaire Roger. Il l'enregistre et met son casque en concluant :

– Je règle ça et tu me rejoins à 13 heures au lac de Genval. Je t'invite au Relais Bleu.

Ma gorge se serre. Où est passé le timide en détresse, l'amant attentif, le loser déchirant ? J'essaie de le ramener aux réalités terrestres en lui rappelant que c'est très cher, là-bas.

– Ça ne sera plus un problème, déclare-t-il, sûr de lui, et il ajoute sur le même ton en ouvrant le portail :

J'ai passé la plus belle nuit de ma vie, et ça ne sera pas la dernière.

Je le retiens, l'attire contre moi. Il me tend ses lèvres en me cognant le front avec son casque. Il se détache, les yeux vides, sort ses clés.

– Zac… où tu vas ?

– Venger ton honneur et sauver les abeilles. Je t'aime.

Il se penche pour défaire le cadenas de son scooter. Une panique soudaine me tord l'estomac. Je lui saisis le bras.

– Attends. Toi aussi, tu m'as fait du bien. Tu m'as rendue à moi, Zac. Comme j'étais avant qu'Albert ne me… avant que je fasse de lui un instrument de pouvoir. Ne commets pas la même erreur.

Il rabat sa visière en guise de réponse, démarre le scooter. Effondrée, je le regarde s'éloigner en tanguant, disparaître au coin de la rue derrière les bennes à gravats. Pas besoin d'être médium pour deviner ce qu'il va faire. Et je sais par expérience que lorsqu'on laisse les commandes à Albert, personne ne peut s'interposer.

Arrêté à un feu rouge devant un kiosque, mon hôte parle au téléphone en regardant la couverture du magazine. Chloé n'est guère affriolante sur cette photo. Fatiguée, fermée, tendue. Sans me vanter, elle est nettement plus belle depuis que je l'ai quittée. Comme le répétait mon vieil ami Karl à la mère de mes enfants : « Endurer l'affection d'Albert nécessite un minimum de distance. » Chloé avait besoin d'être libre ; Zac avait besoin d'être occupé. Tout est bien qui commence bien.

— Passez-moi le commissaire Roger, de la part de Mlle Delmart. Non, je ne patiente pas, c'est pour le disparu d'Arlon et c'est tout de suite.

J'aime bien l'aplomb, la fraîcheur combative de ce paumé réorienté qui me répond désormais à la vitesse de la lumière. Avec une précision laconique, il décrit au commissaire les images que je lui ai envoyées : le panneau fléché Aubange, le grenier de l'église où le petit fugueur nourrit un chaton abandonné avec un berlingot de lait concentré.

Il raccroche et redémarre. Quatre feux plus loin, se réclamant toujours de Chloé, il appelle la chaîne de télévision qui produit l'émission *Vérité oblige.*

– Bonjour, je m'appelle Zac, c'est moi qui viens de localiser à distance le petit Raoul dans le grenier à Aubange, le commissaire Roger vous le confirmera. Je veux Roland Buech ce soir sur votre plateau avec son chèque d'un million d'euros. Merci, à tout à l'heure.

*

L'équilibre de cet engin est vraiment relatif – pourtant le poids des livres est bien réparti dans les porte-bagages. Vingt fois le scooter a failli s'échouer sur le bas-côté, déporté par le souffle des camions qui le doublaient. Mais je savais que nous arriverions à bon port.

Le lac de Genval… Je n'y suis pas revenu depuis l'été 1933. C'est le dernier souvenir heureux que j'ai emporté de l'Europe en embarquant pour les États-Unis. J'avais abandonné le cadeau de mes cinquante ans, mon cher voilier Tummler, devant ma maison de Caputh dévastée par les SS du Brandebourg. À Long Island, je me contenterais du Tinef, une coque de noix choisie en mémoire de ce dériveur de Genval dans lequel j'avais passé quatre heures et chaviré trois fois, comme le

rappelle la plaque commémorative en face de laquelle
vient de s'asseoir Zac. L'écriteau raconte en termes cha-
toyants les mois d'exil paisibles que j'ai savourés dans
ma chère Belgique, protégé des tueurs nazis par l'amitié
de la reine Élisabeth, merveilleuse violoniste avec qui
j'avais tant de plaisir à jouer Mozart. Passons. On ne
refait pas l'histoire quand les historiens s'en contentent.
Mon passé appartient aux vivants ; je préfère de loin
hanter leur présent pour leur chercher un avenir. Un
futur différent de celui que tendent à façonner leurs
peurs, leur bêtise agressive, leurs visions à court terme.
Peine perdue, peut-être, mais joie retrouvée parfois
– dans des moments suspendus comme celui qu'est en
train de m'offrir Zac.

Sur la terrasse au bord de l'eau, je compulse à travers
ses yeux les ouvrages que je lui ai fait acheter ce matin.
Je revisite mes théories de son point de vue, je révise
mes découvertes, et surtout je retrouve mon rythme, ces
tâtonnements laborieux alternant avec la fulgurance des
conclusions qui prenaient de vitesse mes calculs. Page
après page, je me recale dans mon élan vital. Un travail que Chloé ne m'a plus permis d'effectuer depuis ses
années d'université, trop accaparée par les problèmes
des autres et ses propres états d'âme.

Cela dit, ce n'est pas tout rose de renouer avec soi. Il
y a la physique, bien sûr, ma passion dévorante, les lois
que je viole et que je féconde, mais il y a aussi, hélas,

la biographie. Tout ce qu'on m'a fait. Toutes les igno-
minies que Zac est en train de découvrir et qui, sous
l'effet de son indignation, réactivent la rancune que je
m'efforce de convertir depuis que je suis décédé. Les
nazis le révulsent, avec leur logique perverse qui inter-
dit aux juifs les études supérieures et l'exercice d'un
métier afin de leur dénier, par voie de conséquence, le
droit de vivre en tant que bouches inutiles. Et les camps
de concentration attisent sa rage intime, au souvenir des
millions de personnes qui ont fini en fumée tandis que
les gouvernants du monde se bouchaient le nez… Mais
c'est une souffrance tellement partagée, transcendée par
tant de victimes qu'elle a cessé de me gâcher la mort. Ce
qui me revient de plein fouet, ce qui me retourne l'âme
au fil des pages qu'il tourne, ce sont les blessures que
j'étais seul à subir. Les trahisons de mes pairs.

Philipp Lenard, d'abord. Le bienfaiteur de mes
débuts, ce génie qui m'avait accueilli à l'Académie de
Berlin avant que la défaite de 1918 ne le rende anti-
sémite jusqu'aux tréfonds de la bêtise crasse. Premier
Prix Nobel à adhérer au parti nazi, il fera tout ensuite
pour torpiller ma théorie de la relativité, en tant que
« mensonge de la physique juive » destiné à saper les
fondements de la « science pure ».

Et puis le congrès Solvay, en 1927 – là même où
j'avais été consacré seize ans plus tôt. La fronde des
jeunes. Ces petits blancs-becs surdoués, tous unis en

bloc derrière mon ami Niels Bohr, qui me rendent hommage en présentant leur mécanique quantique. Une physique nouvelle qui dépasse celle que j'ai inventée, disent-ils, mais qui en est « l'aboutissement logique ». Le plus subtil affront qu'on ait pu me faire : honorer ma mémoire en concluant à ma place, sur des bases inédites, les travaux que j'avais initiés. Comme si j'étais déjà mort. J'ai quarante-sept ans, je sais que j'ai raison, je sais que ma théorie unitaire des champs rend leurs thèses incomplètes, je pressens la non-séparabilité des particules, leurs interactions perpétuelles alors même qu'elles ne sont plus en contact – mais il faudra attendre la technologie des années 80 pour qu'Alain Aspect le démontre expérimentalement à l'Institut d'optique d'Orsay, et que leurs successeurs quantiques aient le culot d'en déduire que cette confirmation me donne tort.

Pour l'heure, mes jeunes fossoyeurs soutiennent qu'aucune loi ne pourra jamais prédire le comportement d'une particule. Ils condamnent le scientifique à l'ignorance, le soumettent à l'inexplicable, ils érigent l'aléatoire en règle universelle. Je leur réponds que Dieu ne joue pas aux dés avec le monde. Ils ricanent, ne retiennent que le mot Dieu et non mes objections rationnelles à leur notion d' « incalculable ». Je répète que, de la plus lointaine étoile à la moindre cellule de notre corps, il n'y a pas de hasard dans l'univers, que tout, absolument tout peut être mis en équation. Ils rappellent mon glorieux passé pour souligner combien j'ai perdu la boule, et me tournent en ridicule à coups d'éloges funèbres.

Mais ce n'est rien à côté de ce qu'on me fera subir aux États-Unis, ce pays qui m'accueille et m'adopte en héros avant de me considérer comme un traître. Dès 1934, j'alerte le président Roosevelt sur la bombe atomique que veulent fabriquer les Allemands à partir de mes travaux sur la fission. Je mettrai huit ans à être entendu, moi le pacifiste obligé de prêcher pour l'arme nucléaire, et quand le projet Manhattan sera lancé, on me le cachera. Les Américains élaboreront « ma » bombe sans me le dire, sous prétexte que des confrères jaloux, dans l'entourage d'Oppenheimer, ont émis l'idée que j'étais un agent soviétique.

Et ça continuera après la guerre, avec Hoover et McCarthy, ces paranoïaques forcenés, ces menteurs surpuissants acharnés à détruire mon honneur, mon crédit, ma liberté de pensée. Vingt-cinq ans d'espionnage, deux mille pages de rapports du FBI essayant d'établir, à l'aide de faux documents, que j'ai vendu aux Soviétiques les secrets de la bombe américaine qui s'est construite sans moi. Conclusion de ces deux mille pages : rien ! *Nada !*

Et quand l'accusation s'effondre, quand le Sénat finit par mettre un terme à la chasse aux sorcières, ce

sont mes pairs, la « communauté scientifique » comme
ils se baptisent, qui m'obligent à me renier, dans mon
propre intérêt, à déclarer que ma dernière théorie, la
constante cosmologique justifiant l'énergie du vide, est
la plus grande connerie de ma vie, sinon ils me coupent
les vivres, me privent de conférences et de publications,
pour m'éviter de mon vivant d'entacher ma mémoire
avec des élucubrations – alors que j'avais raison ! Une
fois de plus ! Seul, envers et contre tous ! Comme
lorsque j'avais démontré dans l'indifférence générale
l'existence des ondes gravitationnelles, ces déformations de l'espace-temps qui seront détectées cent ans
plus tard, et présentées alors comme la découverte du
siècle... J'avais raison, oui. Je le savais. Et pourtant je
me suis renié. Et j'en suis mort de colère et d'impuissance et de chagrin. Après avoir signé sans illusions un
manifeste appelant à renoncer à l'armement nucléaire.

Au fil de sa lecture en diagonale, d'une biographie
à l'autre, je sens mon nouvel hébergeant épouser ma
cause, éprouver les affronts et les injustices qui m'ont
aigri. Toute cette rancune méritée, ce ressassement
d'adulé honoraire qui passe pour un clown après être
passé pour un traître... Je ne veux plus revivre ça. C'est
du temps perdu, de l'énergie gâchée... Et pourtant.
C'est cette énergie que je récupère, depuis, en la trans-
formant, c'est grâce à elle que j'avance dans la mort.
Elle est tellement plus forte que l'admiration ou l'intérêt

que la postérité me témoigne encore. Tellement plus forte que le peu d'amour que j'ai suscité – et ressenti – de mon vivant. Je n'appelle pas «amour» la popularité, la reconnaissance, l'affection conjugale ni les coups de foudre adultères. L'amour, c'est le renoncement à l'ego. La découverte du bonheur absolu par la fusion dans l'autre – et, dans mon cas, elle fut posthume. Malheureusement, si le binôme que j'ai créé avec Chloé m'a épanoui, je ne puis en dire autant en ce qui la concerne. Mort ou vif, je suis toujours aussi dangereux pour les personnes auxquelles je m'attache.

Ah! l'admirable phrase de mon lointain disciple, le biologiste et physicien Louis-Marie Vincent : «Je me demande si l'homme ne serait pas la machine à transformer l'amour en une autre sorte d'énergie.» Moi, la colère légitime est la seule force de propulsion que j'aie pu tirer de mon existence. C'est pourquoi j'en suis toujours au même point, réduit à me colleter avec la matière, à mêler mes particules de conscience à celles des vivants, coincé entre deux mondes, incapable de rejoindre dans l'au-delà ma famille de cœur et d'esprit parce que je n'ai pas *fini.* Parce que mon processus de transformation est tellement plus long que celui des amoureux sans remords… En tout cas, j'ai fait le tour des génies scientifiques : je ne pouvais poursuivre mon évolution posthume qu'à travers des sensibilités profanes – les émotions brutes d'une femme complexe et l'idéal démesuré d'un homme simple.

– Mais quelle ordure ! s'écrie-t-il en abattant le poing sur la page où le patron du FBI m'accuse en 1951 de complicité d'espionnage avec les époux Rosenberg, parce que j'ai tenté en vain d'empêcher leur exécution sur la foi d'un dossier vide.

Arrête de lire ma vie, Zac… Ce sont mes travaux qui importent. Cracher sur la tombe de J. Edgar Hoover, ça ne nous avance à rien. Va plutôt en fin de volume, dans les annexes scientifiques. Corrige-moi cette coquille, tiens, page 103 ; elle m'agace depuis cinquante ans. Ma variable imaginaire n'est pas *racine de −1 t*, mais *racine de −1 ct*. Sinon le continuum d'espace-temps n'a plus rien d'euclidien. J'ai fait assez d'erreurs dans ma vie sans qu'on m'en rajoute. Allez, intéresse-toi, absorbe, assimile, et je te dicterai la suite…

Et puis non, j'en ai assez. Ta colère solidaire dou-blonne la mienne. Elle se focalise sur mon passé et tu en oublies notre avenir, tu en oublies tes abeilles. Surtout, je sens que les passages consacrés à mes carences pater-nelles émoussent l'ardeur que je m'efforce de te commu-niquer. Toi qui n'as pas d'enfant et qui as accompagné ton père adoré jusqu'au bout de la souffrance, de l'in-gratitude et de la calomnie ambiantes, tu te fragilises au récit de mes rapports calamiteux avec mon second fils. Mon cher Eduard, interné durant trente ans pour schizophrénie – le nom que les médecins avaient donné à la simple dépression dont j'étais la cause. Mon pauvre Eduard, avec qui le seul dialogue possible était le violon ou le piano à quatre mains. Mon malheureux Eduard, que j'ai vu pour la dernière fois dans son asile de Zurich en 1933 avant de quitter l'Europe, et qui m'a survécu dix ans en me refusant l'accès à ses pensées... Père toxique, séducteur dispersé, neurasthénique au long cours faisant le pitre par pudeur, savant trop coupé des réalités communes pour épargner à l'humanité les conséquences de ses trouvailles... À mes yeux, mon bilan est aussi nul que ma légende est fausse.

Va nous louer un voilier, va. C'est la seule chose qui me détende.

Je suis bien dans sa maison, dans son pull, dans ses traités d'apiculture. Je viens de découvrir le journal intime de son père, quinze volumes reliés en simili rouge. Une somme d'observations enjouées sur la vie de ses abeilles et les vertus thérapeutiques de leur venin, entrecoupées de souvenirs à charge contre la mère de Zac qui les avait plaqués du jour au lendemain pour suivre le voisin d'en face, un agent de change en partance pour Singapour.

Depuis trois heures, je m'immerge dans l'univers figé de l'homme qui est devenu pour moi, en une nuit, bien plus que la résidence secondaire d'Albert. Il m'arrive une chose inimaginable. Je suis jalouse. Jalouse du défunt avec qui j'ai partagé vingt-cinq ans de ma vie. Jalouse de l'interaction que j'ai sentie entre eux tout à l'heure. Jalouse de la connivence qu'il a créée avec Zac. Comme si elle remplaçait d'un coup notre intimité de la nuit. J'imagine qu'une jeune mariée doit éprouver le même genre de dépit en découvrant que son homme est aussi radieux, sinon plus, quand il regarde un match avec un pote que lorsqu'il la fait jouir sous la couette. Le seul moyen que j'aie trouvé pour reprendre l'avantage, c'est de me fondre dans l'univers de Zac, d'apprendre à aimer ce qu'il aime et de savoir ce qu'il sait. Mais mon espoir s'amenuise au fil des minutes.

En parcourant ses livres de chevet, je suis tombée sur un chapitre consacré au prototype d'abeille robot de Karl von Frisch, largement annoté, renvoyant aux travaux postérieurs du Pr Rémy Chauvin et d'Axel Michelsen. En 1992, à l'université d'Odense au Danemark, ils ont construit une abeille artificielle en cuivre, reliée à un ordinateur et téléguidée par un logiciel. Enduit de cire pour être « accepté » par la colonie, ce mini-robot, muni d'ailes en lames de rasoir, a reproduit la danse frétillante des exploratrices, communiquant aux butineuses des indications de direction et de distance qu'elles ont fini par suivre. Ainsi les observations de Karl von Frisch et son décryptage de leur langage ont été confirmés par l'expérience : l'homme a réussi non seulement à parler aux abeilles, mais à leur donner des ordres.

Je prends la mesure de la situation, tétanisée sur la chaise de Zac. Il était *préparé* à recevoir les messages d'Albert, comme un renfort à ses connaissances, à ses objectifs, à ses rêves. Rien de tel avec moi. J'avais réparé sa maquette de voilier, c'est tout. Je me dis brusquement que c'est Zac, l'avenir d'Albert. Le vrai continuateur du combat qui lui importe. Moi, je n'étais qu'un brouillon. Une intermédiaire.

J'entends sonner mon téléphone que j'ai oublié dans le jardin. Je jette un dernier regard aux plans d'abeille robot modernisée que Zac a dessinés tout à l'heure pendant que j'observais ses ruches, et je descends écouter le message laissé par mon vieil entraîneur.

– Alors, la prière a marché ? s'impatiente Georges quand je le rappelle. Albert est sorti de ce type ?

– Pas vraiment. Je suis chez lui, là.

– Je t'entends mal, répète. Il y a de la friture.

– C'est les abeilles, Georges.

– Les abeilles ?

– Oui, il est apiculteur.

Silence dans l'iPhone. Je regarde mon plateau de petit déjeuner où un commando de butineuses est en train de nettoyer le pot de miel auquel je n'ai pas touché. Elles sont sans doute les seules à pouvoir ingurgiter ce concentré de mélasse amère issu des fleurs médicinales du père de Zac.

– Chloé... il l'a choisi pour ça, tu crois ? En tant qu'apiculteur ?

– Oui.

Nouveau silence et verdict à mi-voix :

– Il t'a quittée pour de bon, alors ?

Sa voix hésite entre l'incrédulité, la compassion et cette forme de nostalgie égoïste qui me serre le cœur. Sans Albert dans ma tête, l'ancien champion de crawl aurait vieilli tout seul et sans ressources dans son petit meublé niçois. Je rassemble mes mots pour le convaincre que, définitif ou non, le départ de notre âme à charge ne changera rien entre nous, mais un signal de double appel interrompt notre silence. Il en profite, la voix nouée, pour me dire qu'on se rappellera ce soir, et il coupe la communication.

Les larmes aux yeux, je permute. C'est le commissaire Roger. Il me remercie pour la localisation fournie par mon «collègue», qui a permis de retrouver sain et sauf le petit Raoul, et me transmet la reconnaissance infinie de ses parents. Je m'entends répondre :

– Que ça leur serve de leçon. Dites-leur qu'ils arrêtent d'aimer uniquement ses deux salopes de sœurs, qui le torturent dès qu'ils ont le dos tourné.

Je ferme les yeux. Le fait d'avoir cité les mots qu'Albert avait mis dans la bouche de Zac achève d'entériner la situation. J'ajoute que c'est à mon «collègue» que la police doit s'adresser désormais en cas d'urgence, et je raccroche.

Affalée dans la vieille balancelle rouillée au milieu des ruches, je tire les conséquences de ma réaction. Tout est clair maintenant. Simple et irrévocable. J'accepte d'avoir perdu Albert. Mais je ne laisserai pas Zac se perdre à son contact.

*

Quand j'arrive au Relais Bleu, j'ai vingt minutes de retard et il n'est pas là. Il a fait la réservation au nom de M. et Mme Einstein. Je ne suis pas certaine que ce soit de l'humour.

Son entrée, une demi-heure plus tard, confirme mes craintes. Trempé jusqu'aux os, le pantalon couvert d'algues, il traverse d'un pas joyeux la salle au raffinement compassé, slalome entre les tablées d'hommes d'affaires qu'il bouscule avec ses sacs de livres en les bombardant de « Bon appétit ! » sonores.

Il se laisse tomber sur la chaise en face de moi, attrape mon petit pain qu'il beurre avec entrain en claironnant :

– Ils croyaient que c'était juste un caprice, quand ils m'invitaient pour une conférence et que j'exigeais un lac ou la mer à proximité. Non, non… Tirer des bords, il n'y a que ça pour connecter les neurones. Un jour, j'embarque Marie Curie dans mon petit voilier, elle me demande d'un air angoissé si j'ai des gilets de sauvetage. Chère Marie. Sortie de son radium… Je réponds non, bien sûr. Au principe de précaution, j'oppose le devoir de confiance !

Dans ses sacs s'entassent une dizaine de biographies d'Albert. Aussi naturelle que possible, je lui parle du joli moment que j'ai passé dans sa maison, ce matin, à découvrir les secrets de ses ruches – je tire sur la corde sensible, pour le ramener en douceur dans sa vie de Zac.

– Fini, tout ça ! se réjouit-il en enfournant sa tartine. Ce soir je passe à *Vérité oblige*, je leur explique en direct comment la conscience d'un désincarné se branche en dérivation sur la pensée d'un vivant compatible, grâce à l'interaction des photons, je leur raconte comment j'ai permis à la police de retrouver Raoul et hop ! un million d'euros.

Atterrée, je contemple son regard de jubilation fébrile, ses cheveux qui moussent, l'exubérance de potache sénile qui a remplacé la jeunesse grave du laissé-pour-compte dont je suis tombée amoureuse. Il se beurre une deuxième tartine en achevant son anecdote :

– ... et quand la pauvre Marie me dit : « Qu'est-ce que je vais faire si on chavire ? Je ne sais pas nager », je lui réponds : « Ne vous inquiétez pas : moi non plus. »

Il éclate de rire, se mouche dans sa serviette, reprend :

– Toutes mes découvertes, je les ai faites en barrant mes voiliers, j'écoutais jamais la météo, je me foutais des tempêtes et je n'avais même pas de bouée à bord – du coup, il ne m'est jamais rien arrivé !

J'immobilise son poignet au-dessus du beurrier.

– Attends, il ne s'agit pas d'une découverte, là ! Ce que tu prépares, c'est un hold-up.

– Oui, confirme-t-il, aux anges. Garçon, la carte !

– Et la déontologie, tu en fais quoi ? L'éthique, la morale ?

Il dégage son poignet.

– La morale de quoi ? Y en a marre de se faire insulter par les obscurantistes au nom de la raison ! Quelle raison ? Pas celle des gens rationnels, celle des gens raisonnables ! La raison des prudents, des sans-rêves, des pisse-froid, des bande-mou, des pète-sec !

Il prend le menu que lui tend un maître d'hôtel sur le quant-à-soi, l'ouvre et le referme aussitôt en commandant deux formules dégustation avec Dom Pérignon 47.

– Je crains que ce millésime ne soit pas sur la carte, monsieur…

– Débrouillez-vous. C'est à cause d'eux que je suis mort ! poursuit-il tandis que le maître d'hôtel se retire à reculons. Les matérialistes à molécules fixes qui m'ont fait tourner en bourrique toute ma vie et qui ont fini par me faire exploser le ventre ! Tout est relatif, sauf la connerie des péremptoires qui est absolue ! Ma rupture d'anévrisme abdominal, c'est pas la maladie, c'est la colère ! Et j'ai bien fait !

Toute la salle est tournée vers nous. Ce n'est pas Albert qui parle – du moins pas tout seul. Ce n'est plus de l'emprise, c'est de la fusion. La synthèse de leurs frustrations, de leurs humiliations, de leurs révoltes. Très inquiète, je lui attrape les deux mains, murmure avec ferveur :

– Zac, reviens avec moi… Garde le contrôle, ne le laisse pas te…

– Il va le cracher, son million d'euros, ce connard de psy à deux balles ! Comme ça j'aurai de quoi fabriquer mes abeilles robots, et lancer un appel à toutes les nations pour obtenir l'interdiction définitive des pesticides, des OGM et des antennes-relais !

– Zac ! Y a d'autres moyens d'utiliser le pouvoir d'Albert !

Ses paupières battent furieusement, il comprime ses poignets comme pour apaiser un rhumatisme articulaire, donne un coup de coude sur la table.

– Je t'aime depuis ta naissance, Chloé. Mais il fallait que je te quitte pour te le dire en face ! Alors, n'entrave pas mon action !

– Ton action ? Quelle action ? Tu transformes un type formidable en pute médiatique pour servir ta cause !

– Je ne le transforme pas : je le révèle ! C'était un raté résigné, j'en fais un gagneur qui a la rage !

Il abat le poing sur son torse. J'éclate :

– Ta rage à toi, Albert, pas la sienne ! Tu l'as choisi pour son idéal, et tu convertis son échec en amertume, en colère, en prise de pouvoir !

– Oui ! Pour le bien de l'humanité ! C'est de l'amour !

– C'est pas de l'amour, c'est de l'ego ! Moi, tu m'as prise toute petite, j'sais pas ce que je serais devenue sans toi, mais lui… lui, j'ai vu comment tu le changes ! Tu es mauvais pour lui, tu es toxique !

Il se fige. Je lui presse les mains.

– Albert ! Si tu m'aimes, sors de lui !

Il secoue la tête, calmement résolu.

– Je suis la chance de sa vie. Si tu l'aimes, laisse-le-moi.

Elle quitte brusquement la table. Je suis allé trop loin, mais c'était nécessaire. Il faut l'aider à couper le cordon.

Je résorbe ma conscience, laisse mon porte-parole reprendre son autonomie. Il voit la chaise vide. Il regarde autour de lui, perplexe, avise Chloé qui disparaît au coin du vestiaire. Il avale sa salive, me demande à voix haute :

– Qu'est-ce que tu lui as dit, encore ?

Il veut se lever pour la rattraper, retombe assis. Je lui ai pris trop d'énergie. Je suis désolé, mais c'est mieux comme ça. Elle doit faire son deuil, avant de pouvoir revenir vers lui. Sinon, je serai toujours entre eux. Non plus comme un trait d'union, mais comme un repoussoir.

– Dois-je garder au chaud l'entrée de Madame ?

Tourné vers l'empoté qui tient deux assiettes sous cloche, Zac fait un effort pour reprendre barre sur la situation. Je l'entends répondre d'un ton pâteux :

– Non, non, servez. Je mange pour deux.

En trois bouchées, il s'est remis en phase avec lui-même. Et sa nuit d'amour envahit ses pensées, me reléguant au rang de voyeur subsidiaire – comme lorsque Chloé se laissait obséder corps et âme par son Damien. C'est fatigant. Non pas que le fantasme sexuel m'indispose, je suis en pays de connaissance, mais justement, ce rôle de clandestin passif ravive une nostalgie qui n'est pas, mais alors pas du tout, compatible avec la concentration que je dois déployer pour me maintenir dans l'état vibratoire de la matière. La volonté objective d'améliorer les potentiels futurs en aidant les vivants à modifier leur présent, ça, oui, ça marche. Mais ni le cœur ni le cul ne doivent interférer. J'ai si souvent violé ce principe.

Par bonheur, l'apiculteur met sa libido en veilleuse sous la saveur des hors-d'œuvre, et reprend sa lecture de mes biographies. Il déjeune avec mes équations, mes erreurs et mes élans visionnaires. Mes erreurs qui, ouvrant la voie à de nouvelles perspectives, ont mené mes successeurs à tant de découvertes fondamentales. Et mes élans visionnaires qui ont fini en impasses parce que, trop vieux, trop libertaire, trop foutraque et trop mal attifé dans un monde régi par l'apparence, je n'avais plus la cote auprès de ceux qui s'étaient emparés de mon flambeau. Ça aussi, j'aimerais bien y remédier, non pour qu'on me rende justice – je n'en ai cure : j'ai vu ce que c'était, la justice… –, mais pour que le monde profite de mes travaux posthumes.

Enfin, chaque chose en son temps. En me servant d'une voyante pour changer la vision du futur, je me suis planté dans les grandes largeurs, mais avec intuition et sagacité, car je devais en passer par là pour pouvoir, un jour, aider un apiculteur à empêcher la disparition des abeilles. On n'est pas davantage maître des conséquences et des causes, dans l'état où je suis. La mort, pour moi, du moins l'accompagnement des vivants, est une expérience en double aveugle.

Après avoir englouti son menu pour deux, mon hôte retourne en ville sur son scooter. Je le fais s'arrêter chez un tailleur, pour remplacer son costume ravagé par nos chavirements sur le lac. J'ai envie que nous soyons bien habillés pour l'émission. Je veux qu'il se fasse beau comme jadis je m'étais mis en frais, moi l'éternel dépenaillé, ce jour tant attendu de 1940 où j'avais passé mon examen de futur citoyen américain – pour le meilleur et pour le pire. Le plus grand trac de ma vie, en tout cas. Ce soir, c'est pareil. Je sens que je joue mon va-tout. Je n'ai jamais su combien de temps Dieu me permettrait de rester en activité sur terre avant de me rappeler à Lui – avant de se faire connaître, disons, si toutefois Il existe sous une forme identifiable : créateur, magistrat, horloger, architecte, prestataire de services ou, tel que je Le concevais de mon vivant, intelligence globale du cosmos.

Comme je l'écrivais dans mes jeunes années, l'être humain est une partie d'un Tout appelé Univers – une partie limitée dans le temps et l'espace qui se considère, de par ses pensées et ses émotions, comme séparée du reste. Cette illusion d'optique de la conscience est une prison, qui nous restreint à nos désirs personnels et à l'affection de quelques proches. Notre tâche doit être de nous libérer nous-mêmes de cette prison, en étendant notre cercle de compassion à toutes les créatures vivantes, à la nature entière dans sa beauté. C'est le dogme unique de la religion cosmique à laquelle je demeure attaché. La seule qui n'ait pas créé Dieu à l'image de l'homme pour mieux le juger, le brider, le corrompre et lui couper les ailes…

Quoi qu'il en soit, je sens bien que mon purgatoire arrive à son terme, et je me rassure comme je peux avec un beau costume en lin gris transcendant le physique passe-partout de mon fondé de pouvoir.

*

Nous arrivons aux studios avec une heure d'avance sur la convocation. La maquilleuse, ravie, s'empresse autour de Zac. Ce garçon me touche de plus en plus, à mesure qu'il s'identifie à moi. Je sais quelles vibrations il me rappelle, à présent. Max Talmud. Ce timide étudiant sans le sou que mes parents, suivant la tradition, accueillaient chaque vendredi soir à Munich. J'ai douze ans, je ne parle quasiment pas, je ne suis bien qu'avec les animaux, j'ai l'école en horreur, et c'est Max Talmud, cet invité du Shabbat qui, en me prêtant ses manuels de physique, me fera comprendre que là est mon terrain de jeu, ma vraie patrie, mon seul avenir. Il est fasciné par mon soudain pouvoir d'assimilation, mon sens de la synthèse et mon feu sacré – alors que c'est lui qui m'a fourni l'étincelle. Au bout de six mois, il estime qu'il n'a plus rien à m'apprendre, si ce n'est la voile.

En fin de compte, je dois tout ce que je fus à trois chocs d'enfance. Un : l'aiguille de la boussole que m'offrit mon père à quatre ans, preuve d'une action à distance dont le principe me conduira un jour à la théorie de la gravitation. Deux : la vibration des cordes sous l'archet de ma jolie professeur de violon, révélation de la nature ondulatoire et sexuée de la matière. Trois : Max Talmud, exclu de l'université en tant que juif. Le reste, c'est de la littérature pour biographes.

– C'est vous, l'invité ? ricane le dégarni maigrelet qui se fait laquer la tonsure sur le fauteuil voisin. Bon courage !

Et il s'éclipse en emportant son cartable.

– Roland Buech, crache la maquilleuse avec rancœur. Méfiez-vous de lui, c'est un vicieux. Psychanalyste, en plus. Faudrait me payer pour que j'aille m'allonger devant lui. D'abord, je suis sûre que son million d'euros, il existe même pas.

Zac objecte, sûr de soi : que ferait-il là, sinon ? Je ne partage pas son optimisme, mais bon. Je ne suis pas suffisamment au fait des réalités bancaires de leur époque pour conclure quoi que ce soit à partir des quelques pensées qu'a laissé échapper, sous le spray fixant, l'ennemi juré du paranormal.

— C'est vous qui voyez, commente la maquilleuse en continuant de lui poudrer les paupières. Paraît que vous êtes vachement fort, vous aussi. Avant-hier soir, j'avais Chloé Delmart : elle m'a dit que samedi, j'allais dîner avec l'homme de ma vie.

— Christophe, prononce machinalement Zac en entendant le prénom que je lui souffle.

— Ben non, Cédric. Vous le sentez comment ?

— On s'en fout. Qui est Christophe ?

— Ben… c'est mon fils. Vous voyez du bon, pour lui ?

Je rassemble aussitôt les données que je compacte en accéléré dans le phrasé de mon hôte :

— Dites-lui de choisir la variable de temps imaginaire racine de -1 ct, au lieu de la variable réelle t.

— Mais… il a sept ans et demi, répond la maquilleuse en montrant la photo de son bambin sur le miroir.

Zac se met à cligner des paupières, sous l'action de mes photons messagers qui le plongent en transe. Il se penche soudain en avant, attrape la feuille où figure le déroulé de l'émission, et il se met à noter furieusement les calculs et les formules que j'envoie par induction dans ses doigts. Même procédé pour la notice d'usage qui transite par ses cordes vocales :

– Un jour, c'est lui qui prouvera que la médiumnité n'est que de la programmation virtuelle qui permet de corriger l'avenir, dans les onze dimensions de l'espace-temps – à condition d'ouvrir la douzième, celle qui assure la synthèse et la circulation de l'information entre le passé, le présent et le futur. *Gim = Eklg...*

– L'invité sur le plateau, merci ! nous interrompt un assistant en passant la tête dans la loge.

– J'arrive ! Il prouvera que l'information est une énergie qui n'utilise la masse que dans un temps imperceptible. Un projet d'attentat auquel pensent des terroristes, il vous expliquera comment le capter et l'annuler, au nom du principe de causalité rétrograde ! Si l'effet précède la cause et qu'on ne veut pas de l'effet, on supprime la cause !

Son excitation fait claquer les spots du miroir. Il finit de noter, tend ma feuille à la maquilleuse médusée. Je n'en reviens pas de cette rencontre inopinée, des vibrations qui émanent du portrait de ce petit Christophe. La synchronicité qui le met sur notre chemin était peut-être le but de tout mon parcours posthume. Plus je manipule les vivants, plus j'ai l'impression d'être moi-même téléguidé par cette loi d'interaction universelle que j'ai toujours tenté de mettre en équation.

– Donnez-lui ça ! Il en prendra plein la gueule, mais ça sera génial ! Qu'est-ce que je suis content ! Merci.

Tout vibrant, il se lève pour emboîter le pas à l'assistant qui s'impatiente. La maquilleuse, hagarde, fixe la photo de son gamin. Ma conscience reste flottante, entre deux destinées que j'aurai contribué à infléchir. Zac n'a plus besoin de moi, désormais ; je lui ai redonné suffisamment confiance en lui pour qu'il soit apte à construire seul l'abeille robot, et capable de trouver l'argent nécessaire sans recourir à l'abus de pouvoir. Quant au petit Christophe, il faut laisser son intelligence se façonner à son rythme, jusqu'au jour où ma feuille de calculs, si elle lui parvient, provoquera le déclic qu'ont jadis produit sur l'enfant que j'étais les traités scientifiques inédits de Max Talmud.

La maquilleuse est restée statufiée, le papier dans la main. Puis elle regarde autour d'elle. Le coiffeur range ses accessoires en chaloupant sous la musique de ses écouteurs, étranger à ce qui s'est dit. Elle plie ma feuille avec soin et la glisse discrètement dans la poche de son jean.

Une sorte de remords me ramène vers Zac. Assis sur un cube, sonné par la décharge d'énergie que j'ai causée, il regarde dans le vide, indifférent aux seins généreux que la chroniqueuse météo palpe sous son nez afin de mieux dissimuler le fil de son micro.

– Hé-ho, Zac ! J'suis là !

Il tourne lentement la tête vers les gradins et découvre son ami Olivier, le chocolatier-caviste, qui enchaîne à l'intention du public autour de lui :

– J'vous préviens, il va vous en mettre plein la vue !

Zac répond avec décalage à ses signes d'encouragement. Dans le public, la secrétaire de Chloé change de place pour venir s'asseoir à côté du grand maigre à lunettes, toute charmeuse.

– Bonsoir, je m'appelle Nelly. Vous connaissez l'invité, vous aussi ?

Désarçonné, le caviste jauge avec enthousiasme cette belle fille inattendue et s'empresse de se mettre en valeur :

– Oui, oui, bien sûr, il est incroyable ! S'il ne m'avait pas dit d'aller me réconcilier avec ma mère, je serais orphelin. J'arrive, elle m'ouvre, elle me tombe dans les bras : infarctus ! Je l'ai sauvée in extremis.

– C'est génial ! s'extasie Nelly. Vous pensez qu'il va ouvrir un cabinet de médium ?

Il se penche vers son décolleté, sous couvert de lui parler à l'oreille :

– Moi, je le lui conseille vachement. Ne le répétez pas, mais l'esprit qui le tuyaute, c'est Albert Einstein.

– Je sais, lui confie Nelly à voix basse en collant sa jambe contre lui. Je travaillais chez son ancienne gérante.

– Ho ? C'est dingue, le hasard !

Elle lui pose une main sensuelle sur le bras.

– Y a pas de hasard. Mais il débute, vot' copain : il a besoin qu'on le coache.

– C'est clair, déglutit Olivier.

Elle accentue la pression de sa main, murmure :

– Voulez-vous coacher avec moi ?

Il lui rend son regard, la bouche entrouverte. Des cris résonnent dans les haut-parleurs, exigeant le silence. Le compte à rebours commence. L'animatrice arrive sur le plateau, s'assied, étale ses fiches devant elle. Applaudissements, musique du générique.

– *Vérité oblige*, bonsoir à tous, avec ce soir Tarak Lalik, Magali, et Roland Buech !

Les chroniqueurs gagnent le plateau sous les bravos, à l'appel de leur nom.

– Et notre premier invité, l'incroyable inconnu, soi-disant médium, qui a permis de retrouver le petit Raoul. Alors… imposture, coup monté ou véritable pouvoir surnaturel ? Réponse tout de suite, avec l'homme qui va tenter de relever le défi de Roland Buech : un million d'euros à qui prouvera en direct un phénomène paranormal ! Mesdames et messieurs, accueillons Zac !

Je perçois la détresse de Chloé, chez elle, devant son écran. Déjà, ma conscience a rejoint son champ vibratoire.

Je croyais connaître la solitude, j'ai découvert l'abandon. Longtemps, j'ai marché au bord du lac, espérant sans y croire que Zac, redevenu lui-même, jaillirait du restaurant pour s'excuser de ce qu'il avait pu me dire à son insu, et me prendrait dans ses bras pour arrêter mes larmes.

J'ai regardé le mini-voilier téléguidé avec lequel jouaient un garçon et une fille d'une dizaine d'années. Ils bougeaient à deux les manettes, échangeaient des regards d'amitié profonde. L'ironie tranquille de cette image a transformé la détresse en résolution. La nuit précédente, dans les bras de Zac, je m'étais sentie pour la première fois de ma vie une femme comme les autres. Même si notre histoire s'arrêtait là, même si Albert l'avait choisi et le voulait pour lui tout seul, j'avais reçu en cadeau de départ des émotions nouvelles qui m'aideraient à construire une autre vie. Je ne voyais pas encore ce que j'allais entreprendre, mais je savais déjà ce dont

je ne voulais plus. J'ai repris ma voiture et je suis ren-
trée chez moi, avec cette forme de résignation active qui
hésitait entre le dépôt de bilan et le saut dans l'inconnu.

Reporters et paparazzis avaient évacué ma rue ;
quelqu'un de plus important m'avait chassée de l'actua-
lité. En ouvrant ma porte, je suis tombée sur Nelly qui
ôtait de son bureau ses objets personnels qu'elle glissait
dans un carton.

– Qu'est-ce que tu fais ?

Sans se retourner, elle a répondu, froide et neutre :

– Tu arrêtes la clientèle, je te sers plus à rien. Faut
que je retrouve un job.

Je lui ai retenu le bras, atterrée.

– Attends, Nelly… Tu es mon amie !

Elle m'a dévisagée avec un demi-sourire où la tristesse patinait l'amertume.

– Ah bon ? C'est quoi, ma vie, quand je prends pas
tes rendez-vous ? J'habite où, avec qui, je fais quoi ?

J'ai bredouillé, cueillie à froid :

– Tu… tu es toujours avec ton dessinateur, non ?
Jean-Marc…

– Jean-Pierre. On a une petite fille de trois ans que
j'élève seule, mais tu te souviens pas, c'est normal : tu
l'as juste vue dans une voyance. Je t'ai invitée douze
mille fois, t'avais jamais le temps. J'ai plaqué mes
études pour te suivre à Bruxelles, mais toi, en dehors de
l'argent, qu'est-ce que tu m'as donné ?

Je l'ai contemplée dans un voile de larmes, ravalant mes protestations, mes griefs, mes excuses, aussi infondés qu'inutiles. Seule demeurait la franchise du constat. J'ai demandé, doucement :

– Nelly... j'étais vraiment aussi nulle que ça ?

Elle m'a répondu sur un ton de circonstances atténuantes :

– Non, t'étais occupée. Bienvenue dans la vraie vie des vraies gens.

Elle a déposé sur le bureau son double des clés, pris son carton sous le bras et tourné les talons. J'ai regardé disparaître ma seule amie, sans avoir le courage de la rattraper ni le moindre argument à lui opposer.

Que me restait-il ? Foncer aux studios de télé pour dissuader Zac de dévoyer le pouvoir qu'il m'avait pris ? C'était au-dessus de mes forces. Et puis, qui étais-je pour le priver de son heure de gloire au service d'une grande cause ? Je n'avais plus à interférer entre Albert et lui. Déchue de mon droit de garde, j'étais une histoire finie. Une femme désaffectée. Un contenant vide.

J'ai sorti la vodka du congélateur et je suis allée me réfugier sous la couette, un oreiller autour de la tête, comme aux tout débuts de notre cohabitation, à douze ans, quand je tentais d'étouffer la voix dans mon crâne. Là, c'est le silence que j'essayais de fuir.

*

Il faisait nuit quand j'ai rouvert les yeux. Glacée, les tempes broyées par la migraine, j'ai rempli la vieille baignoire sur pieds installée dans un coin de ma chambre, souvenir de celle qui servait d'aquarium à mes poissons d'enfance, et j'ai allumé la télé en face du lit. Quand l'indicatif de *Vérité oblige* a retenti, je me suis tournée vers l'écran. La caméra parcourait le public applaudissant l'arrivée de l'invité. Sur les gradins, j'ai découvert Nelly, dans une robe décolletée rouge, qui adressait à Zac des signes de reconnaissance. Très bien. Réflexe de survie, choix judicieux. Elle seule saurait gérer à ses côtés, au jour le jour, les exigences, les objectifs et les caprices d'Albert. Je pouvais partir tranquille.

Tandis que l'animatrice présentait l'incroyable médium qui avait retrouvé le petit Raoul, je me suis glissée dans la baignoire tout habillée et j'ai laissé aller ma tête sous l'eau.

M'efforçant de garder les yeux ouverts, je fixais les bulles d'air qui montaient à la surface où se déformaient les images de l'émission. Quand les remous ont commencé à s'apaiser, une série de zébrures et de clignotements s'est déclenchée sur l'écran. Dans une quinte de toux, j'ai sorti brusquement le torse de la baignoire. L'émission, aussitôt, a repris son cours normal.

– Qu'y a-t-il à l'intérieur ? attaque le psychanalyste en brandissant une épaisse enveloppe doublée de papier bulle.

L'air complètement amorti, Zac se concentre, le regard dans le vide. Il renifle, se penche de côté, plisse les yeux.

– Je ne vois pas.

Rumeur de surprise dans le public. Roland Buech entérine d'un haussement de sourcils, repose l'enveloppe, désigne le grand écran où vient d'apparaître un visage inconnu.

– Qui est cette personne ?

Zac ferme les yeux. La caméra le prend en gros plan. Le cœur serré, je le vois solliciter l'information, donner un coup de front en avant. Son visage se creuse sous la tension, puis se relâche. Il rouvre les yeux, constate :

– Je n'entends rien.

Sur les gradins, l'incrédulité bascule dans la déception.

– Vraiment ? feint de s'étonner Roland Buech.

Zac confirme en soulevant les épaules, l'air absent, comme s'il était trop épuisé pour prendre la mesure de son aveu. Qu'est-ce qui se passe ? À quoi joue Albert ? Si c'est pour faire monter la pression, prolonger le suspense, je ne vois pas l'intérêt. Ça n'augmentera pas le million d'euros. À moins que son but ne soit de bouleverser l'opinion publique par un renversement de situation, d'autant plus marquant que les gens auront cessé d'espérer une prouesse. Au détournement de fonds, il ajoute le prosélytisme.

Je ne reconnais plus Albert. Avec moi, il ne se serait jamais livré à de telles pratiques. Transformer Zac en bouc émissaire, le faire huer avant de le promouvoir au rang d'idole – l'inverse de ce qu'il a connu de son vivant. Veut-il montrer combien son nouveau corps d'attache est ordinaire, humain, faillible, avant de le diviniser d'un coup ? Stratégie efficace, bien sûr. C'est la revanche d'un désespoir, la rançon d'une humiliation qui n'a jamais désarmé. Mais, en l'occurrence, je ne sais qui, d'Albert ou de Zac, a déteint sur l'autre.

– Que vous dit cet objet ? reprend Buech en sortant une brosse de son cartable.

Il la lui donne, dans le silence impatient des gradins.

– Allez, Zac, vas-y ! lance un type dans le public, angoissé, pathétique, assis à côté de Nelly.

– Alors ? s'acharne Roland Buech. À qui est cette brosse ?

Zac la retourne entre ses doigts, tire un cheveu qu'il inspecte à la lumière des projecteurs. Il répond :

– À une blonde. Ou un blond à cheveux longs.

Réaction d'indignation dans les gradins. Sifflets. Le psychanalyste jubile. L'animatrice, elle, paraît décomposée par ce bide en direct. Je jaillis de la baignoire pour décrocher mon portable qui vibre.

– Chloé, mais qu'est-ce qui lui prend à votre stagiaire ? s'effare Le Couidec-Mertens. Je suis en train de regarder l'émission, je suis atterrée. Il avait complètement raison pour Sébastien, mes hommes d'affaires viennent de confirmer toutes ses magouilles et de lancer la procédure de divorce – qu'est-ce qui lui arrive ? C'est totalement irrationnel ! Même un chien est capable de savoir à qui appartient une brosse !

– Je vous rappelle.

J'éteins le téléphone pour écouter Buech qui désigne la Miss Météo trônant parmi les chroniqueurs.

– Quelle est la passion secrète de Magali, en dehors des anticyclones ?

Zac jette un œil à la pouffe siliconée, esquisse la moue d'ignorance de celui qui s'en fout.

– Ooh ! s'écrie le public, choqué.

Mon cœur s'emballe tandis que je fixe Zac. Ce n'est pas ce que je croyais. Je reconnais son expression, à présent. Cette impuissance résignée qui succède à l'angoisse, à l'incompréhension. Cette distance, ce recul face à l'attente des autres… Zac se retrouve dans la même situation que moi l'avant-veille. Il a perdu Albert.

Roland Buech tourne vers l'animatrice son sourire de crispation radieuse.

– Bien, je crois que la messe est dite. Une fois de plus, le million d'euros va rester sur le compte courant de l'association Ouvrez les yeux.

Un jingle retentit, à base de casseroles qui tombent. Zac se lève, sans un mot, quitte le plateau sous les sifflets. Je sens une larme couler sur ma joue. C'est de l'empathie, du soulagement, de la délivrance... Je ne sais pas.

– ... Et sans plus attendre, accueillons notre deuxième invité...

À la maison de retraite, le vieux Georges éteint sa télé, perplexe, et se tourne vers la rangée de mes livres dans sa bibliothèque.

– Alors ça y est, tu es rentré chez Chloé... Il était temps.

Dans la loge de maquillage, la mère du petit Christophe regarde avec rancœur les images tremblées du cadreur qui suit Zac dans les coulisses, caméra à l'épaule. Gros plan de son visage impassible, très digne, tandis qu'un technicien goguenard lui retire son micro. La maquilleuse éteint la télé en haussant les épaules.

Quand mon ex-fondé de pouvoir sort dans la rue, son casque à la main, la foule massée derrière les barrières de sécurité le conspue brièvement. Il regagne son scooter, défait le cadenas, se pose sur la selle et reste là. Il n'a pas la force de repartir. De reprendre le fil de sa vie sans issue en se retrouvant deux fois plus seul qu'auparavant. L'espoir que j'avais allumé en lui a tout éteint.

Le temps s'écoule autour de l'immobilité de Zac. Soudain, une clameur lui fait fermer les yeux. Derrière les barrières, la foule crie son admiration à la chroniqueuse météo en lui tendant des photos à signer. Roland Buech se faufile comme une star incognito parmi les fans qui ne lui demandent rien, se dirige vers le bar d'en face.

Zac est toujours figé, son casque sur les genoux. Il pense à tout ce qu'il a perdu, gâché, laissé partir. Il pense à Chloé, à ses ruches, à son père qu'il a envie de rejoindre. Le même genre de suicide, au sous-sol d'un immeuble en cours de démolition. Une mort qui ne dérange pas les gens et ne met personne en péril.

– J'ai vu l'émission.

Il se retourne et découvre Chloé, arrivée dans son dos. Il réagit à peine, ne montre rien de son émotion. Il se contente de dire Ah.

– Ça va ?

Il s'efforce de lui sourire, résigné, fair play.

– Très bien. Beaucoup plus léger, mais un peu… désert, quoi.

Elle acquiesce. Il enchaîne avec un semblant d'entrain :

– Alors… Albert est content de ses vacances ?

– Je ne sais pas.

Zac tressaille, sonde son regard.

– Il n'est pas revenu chez toi ?

Elle fait non de la tête.

À l'intérieur du bar, encore grisé par la facilité de son triomphe, Roland Buech s'installe au comptoir sous la télé qui diffuse le tirage de l'Euro Millions.

– Qu'est-ce que ça sera ? lui demande le patron.

D'une traite, en clignant des paupières, il répond :

– Le 26, le 4, le 28, le 7, le 11, le 3 et le 9.

Le cafetier et les autres consommateurs le fixent avec étonnement. Le psychanalyste fronce les sourcils, se demande pourquoi ces chiffres lui sont montés aux lèvres.

– Qui d'entre vous gagnera ce soir le super jackpot de cent vingt millions ? s'excite la speakerine au-dessus de sa tête. Place au premier numéro !

Dès que la boule 26 apparaît à l'écran, un silence sidéré se répand dans le bar. Je n'y suis pas pour grand-chose : rien n'est figé à l'avance, et surtout pas la combinaison gagnante d'un jeu de hasard. La certitude avec laquelle Zac, me croyant infaillible, a projeté dans le futur les numéros que je lui ai soufflés hier après-midi a créé une probabilité, encore accrue par l'espoir de la jeune migrante à qui il a donné sa grille. S'il l'avait gardée pour lui, la vibration aurait perdu en intensité, et d'autres numéros portés par d'autres vœux auraient pu causer de l'interaction.

– Le 4 ! supplient en chœur les clients du bar, rivés sur les boules qui se bousculent dans le récipient transparent, contribuant ainsi à produire le miracle dont ils se croient de simples témoins.

Notre conscience crée le monde : c'est la conclusion de mon ultime théorie quantique, dont j'ai dû laisser la démonstration à d'autres.

*

Sur le trottoir, Zac soupire dans un relent de nostalgie :

– J'aurais pu en sauver des ruches, avec un million d'euros…

Chloé esquisse vers lui un geste qui reste en suspens devant son haussement d'épaules. Il conclut :

– De toute manière, sans Albert… les abeilles, c'est fini.

Elle tend la main, effleure le revers de son beau costume.

– Pas forcément. Je vends mon appart, ma voiture, et on s'occupe d'elles.

Il la dévisage, réfrène l'émotion sous le scrupule.

– C'est… ce que tu veux, tu es sûre ? C'est elles qui t'ont… ?

Elle le coupe, nette :

– Non. Plus personne ne me dira ce que je dois faire. Mais ce sera avec toi.

Toute sa timidité revenue et ses complexes intacts, Zac bredouille :

– Avec moi… même tout seul ?

Chloé soutient son regard. Il insiste :

– Même si je suis vide ?

– Oui. Je garde l'emballage.

Ils vont s'enlacer lorsque Roland Buech surgit du bar-tabac, complètement affolé.

– Laissez-moi !

Les consommateurs jaillissent derrière lui et se lancent à ses trousses, rejoints par les fans de *Vérité oblige*.

– Roland ! Attendez !

– Il a sorti les numéros !

– Tous ! Du premier coup !

– Et le prochain tirage, vous voyez quoi ?

– Je ne vois rien ! hurle Buech en détalant vers la station de taxis.

Chloé et Zac suivent des yeux la foule qui poursuit le psychanalyste. Ils se regardent en souriant, éclatent de rire l'un contre l'autre, puis échangent un long baiser.

Quand ils s'écartent, ils ont la même image dans les yeux. Le soleil sur une campagne au-dessus de la Méditerranée. Une camionnette, une télécommande, une abeille robot enduite de cire qui pénètre dans une ruche et diffuse avec ses antennes son message d'alerte... Mais ce n'est pas une vision, c'est un projet. C'est leur projet, et il ne regarde plus qu'eux. Il est temps que je les laisse à leur libre arbitre ; ils n'ont plus besoin que je leur serve de lien.

Ma conscience regagne la feuille d'équations pliée contre la fesse gauche de la maquilleuse. La feuille qui, un jour, bouleversera le rapport des humains avec leur futur. Elle vient d'atterrir sur une pile de linge sale, dépassant à peine du pantalon de la jeune femme qui déjà n'y pense plus, écœurée par l'évidence que la voyance n'existe pas. Espérons que son petit garçon, demain matin, trouvera mes calculs avant que sa mère n'enclenche la lessive. Sinon, il faudra que je me déniche encore un nouveau porte-voix pour atteindre les objectifs de ma mort. Ce cahier des charges impossible que je me suis fixé durant mon incinération : désarmer les nations, sauver la planète, redonner aux hommes les clés de leur destin qu'ils se sont laissé voler par les religions, les idéologies, l'inculture et la peur...

C'est ainsi. C'est mon lot... Juif errant de mon vivant, apatride et volage, je demeure SDF dans l'au-delà – mais que puis-je faire d'autre ? Passer ma part d'éternité à tenir compagnie à mon cerveau, indûment conservé dans un bocal de formol à Princeton ? Ou végéter au sous-sol de l'Université hébraïque de Jérusalem, ma légataire universelle, dans mes archives où ne viennent fouiller que des collègues hermétiques en panne d'imagination, des raseurs assermentés et des mémorialistes ? Je m'en fous de ma mémoire. C'est mon action qui importe. L'action que je mène tous azimuts à travers celles et ceux qui m'offrent des prolongations dans leur détresse, leur intelligence et leurs rêves. Je veux bien être mort, mais il me faut du vivant. L'impétuosité meurtrie de Chloé, la rage idéaliste de Zac, le rationalisme en souffrance de ce pauvre Buech, tellement plus humain depuis qu'il se croit fou. Et demain, le potentiel encore incertain du petit Christophe...

D'ici là, pour tuer l'espace-temps, je vais aller tenir compagnie à mon vieil entraîneur. Ce cher Georges qui avait si bien su m'ancrer dans l'esprit de Chloé. Ce cher Georges qui me connaît par cœur, aussi roublard et bienveillant que moi. Ce cher Georges que personne ne sait mourant.

Je vais recueillir son dernier souffle, histoire de regonfler mes voiles. Chloé a raison : je ne changerai jamais. Je suis incorrigible, mais j'ai mon charme ; je sers de révélateur à ceux que je parasite, je déclenche des effets secondaires plutôt désirables, et puis tout cela est dans l'intérêt supérieur de l'humanité.

Enfin, j'espère...

NOTE DE L'AUTEUR

Si ce roman n'a pas été déclenché par des événements réels, peut-être les a-t-il inspirés. À l'époque où mon idée d'un Einstein voyageur posthume commençait à prendre corps, je reçois un appel de Marie-France Cazeaux, infirmière et médium. C'était un matin où, réveillé à 4 heures sous la pression d'une scène à écrire, j'avais choisi de me rendormir. Et voilà que vers midi cette amie, ignorant sur quoi j'étais en train de travailler, me déclare : «Une espèce de moustachu hirsute est apparu au pied de mon lit, à l'aube. Il ressemblait à Einstein. Il disait que tu dois écrire vers 4 heures, c'est là que ça vient le mieux. Et il a ajouté : "Si tu ne lui fais pas la commission, je te prends ton don et je le donne à un garçon de café." C'est n'importe quoi, non ? »

J'ai nuancé son diagnostic en lui révélant le sujet de mon livre en cours. S'agissait-il d'une transmission de pensée, d'une «fuite» d'imaginaire qui avait cheminé jusqu'à cette personne dormant à mille kilomètres de distance ? Ou bien le «véritable» Einstein m'avait-il adressé, par son intermédiaire, cette injonction en forme de clin d'œil ? Était-ce, dans ce cas, une manifestation de sa conscience posthume, ou une projection issue de la mémoire collective qui s'était nourrie de la fiction que j'étais en train de construire ? Le personnage d'Albert Einstein, qui m'obsède depuis la première fois où je l'ai glissé dans un roman (*La Femme de nos vies*), dégage-t-il ce genre d'énergie lumineuse, à la fois ondulatoire et corpusculaire, qu'il a mis jadis en évidence dans ses travaux ?

En toute sincérité, aujourd'hui encore, je ne suis pas en mesure de trancher. D'autres phénomènes se sont produits, au fil des années où j'écrivais conjointement le présent livre et son adaptation cinématographique – des phénomènes semblant issus de mon intrigue. Ainsi, telle mon héroïne Chloé, Marie-France Cazeaux a-t-elle été brusquement désertée par « son » Einstein, lequel, après lui avoir longtemps rebattu les oreilles pour qu'elle stimule mon engagement au service des abeilles, est parti « travailler » avec une autre médium, Geneviève Delpech. À celle-ci, plus ouverte aux questions scientifiques, le supposé Einstein a annoncé notamment, le 13 janvier 2016 – soit vingt-six jours avant sa divulgation par les astronomes américains du programme LIGO – la détection des ondes gravitationnelles, découverte capitale qu'il avait prédite cent ans plus tôt. Et l'informateur priait sa confidente de m'en avertir, ce qu'elle a fait aussitôt par le biais d'un texto, dont la date accrédite ce qui semblerait n'être, sinon, qu'un fruit de mon imagination (voir *Au-delà de l'impossible*).

Qu'en conclure ? Einstein, de son vivant, était aussi passionné par ces déformations de l'espace-temps que par le devenir des abeilles. Contrairement aux rumeurs qui courent sur Internet, il est bien l'auteur de la phrase «Le jour où les abeilles disparaîtront, l'homme n'aura plus que quatre années à vivre». Cette mise en équation de ses recherches, il l'avait confiée à son ami le zoologue Karl von Frisch, dont les travaux ont inspiré en 1992 la construction de la première abeille robot destinée à «réinformer» les ruches (équipe d'Axel Michelsen, université d'Odense, Danemark). Merci au Pr Rémy Chauvin qui, de son vivant, m'a fait participer à ces incroyables expériences de communication avec les abeilles. Et merci à des physiciens comme Jean-Pierre Garnier Malet ou Nouredine Yahya Bey, de l'université de Tours, pour m'avoir éclairé sur tant de passerelles déroutantes entre science et médiumnité, passerelles qu'ils reconnaissent avoir eux-mêmes expérimentées.

Comme on le voit, réalité et fiction ne cessent de se dépasser l'une l'autre. Alors? Le personnage d'Einstein a-t-il répondu à mon imagination qui allait à sa rencontre, ou bien cette imagination a-t-elle simplement influencé le cours des choses? Je n'en sais rien, mais j'ai toujours préféré les questions éclairantes aux réponses définitives qui éblouissent ou aveuglent.

LA RAISON D'AMOUR :

POISSON D'AMOUR, 1984, prix Roger-Nimier, Le Seuil et Points-Roman

UN OBJET EN SOUFFRANCE, 1991, Albin Michel et Le Livre de Poche

CHEYENNE, 1993, Albin Michel et Le Livre de Poche

CORPS ÉTRANGER, 1998, Albin Michel et Le Livre de Poche

LA DEMI-PENSIONNAIRE, 1999, prix Version Femina, Albin Michel et Le Livre de Poche

L'ÉDUCATION D'UNE FÉE, 2000, Albin Michel et Le Livre de Poche

RENCONTRE SOUS X, 2002, Albin Michel et Le Livre de Poche

LE PÈRE ADOPTÉ, 2007, prix Marcel-Pagnol, prix Nice-Baie des Anges, Albin Michel et Le Livre de Poche

LE PRINCIPE DE PAULINE, 2014, Albin Michel et Le Livre de Poche

ON DIRAIT NOUS, 2016, Albin Michel et Le Livre de Poche

LES REGARDS INVISIBLES :

LA VIE INTERDITE, 1997, Grand Prix des lecteurs du Livre de Poche, Albin Michel et Le Livre de Poche

L'APPARITION, 2001, prix Science-Frontières de la vulgarisation scientifique, Albin Michel et Le Livre de Poche

ATTIRANCES, 2005, Albin Michel et Le Livre de Poche

LA NUIT DERNIÈRE AU XVe SIÈCLE, 2008, Albin Michel et Le Livre de Poche

LA MAISON DES LUMIÈRES, 2009, Albin Michel et Le Livre de Poche

LE JOURNAL INTIME D'UN ARBRE, 2011, Michel Lafon et Le Livre de Poche

THOMAS DRIMM :

LA FIN DU MONDE TOMBE UN JEUDI, t. 1, 2009, Albin Michel et Le Livre de Poche

LA GUERRE DES ARBRES COMMENCE LE 13, t. 2, 2010, Albin Michel et Le Livre de Poche

LE TEMPS S'ARRÊTE À MIDI CINQ, t. 3, *in* THOMAS DRIMM, L'INTÉGRALE, 2016, Le Livre de Poche

Récit

MADAME ET SES FLICS, 1985, Albin Michel (en collaboration avec Richard Caron)

Essais

CLONER LE CHRIST ?, 2005, Albin Michel et Le Livre de Poche

DICTIONNAIRE DE L'IMPOSSIBLE, 2013, Plon et J'ai Lu

LE NOUVEAU DICTIONNAIRE DE L'IMPOSSIBLE, 2015, Plon et J'ai Lu

AU-DELÀ DE L'IMPOSSIBLE, 2016, Plon et J'ai Lu

Beaux-livres

L'ENFANT QUI VENAIT D'UN LIVRE, 2011, Tableaux de Soÿ, dessins de Patrice Serres, Prisma

J.M. WESTON, 2011, illustrations de Julien Roux, Le Cherche-midi

LES ABEILLES ET LA VIE, 2013, prix Véolia du Livre Environnement 2014, photos de Jean-Claude Teyssier, Michel Lafon

Théâtre

L'ASTRONOME, 1983, prix du Théâtre de l'Académie française, Actes Sud-Papiers

LE NÈGRE, 1986, Actes Sud-Papiers

NOCES DE SABLE, 1995, Albin Michel

LE PASSE-MURAILLE, 1996, comédie musicale (d'après la nouvelle de Marcel Aymé), Molière 1997 du meilleur spectacle musical, à paraître aux éditions Albin Michel

LE RATTACHEMENT, 2010, Albin Michel

RAPPORT INTIME, 2013, Albin Michel

Composition : IGS-CP
Impression en mars 2018
Éditions Albin Michel
22, rue Huyghens, 75014 Paris
www.albin-michel.fr
ISBN broché : 978-2-226-43537-8
ISBN luxe : 978-2-226-18504-4
N° d'édition : 19692/01
Dépôt légal : avril 2018
Imprimé au Canada chez Marquis imprimeur inc.